長篇ユーモア・ピカレスク

盗みは忘却の彼方に

赤川次郎

徳間書店

TOKUMA NOVELS

目次

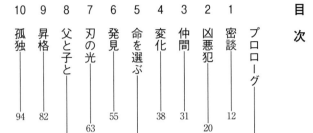

プロローグ

「いてもいなくてもいい」

そう言われるのって、

「どっかへ行っちまえ！」

と言われるより、もっと傷つく。

「行っちまえ！」の方は、少なくとも存在していることは分っているからだ。

でも——久保田杏《くぼたあん》の場合、まだその点にも達していなかった。

そうでなかったら、そんなことは起らなかったはずだ。

「やれやれ。もう真暗だな」

と、欠伸《あくび》しながら言ったのは、この旅番組のディレクター。

「途中の雨が計算外でしたね」

と言ったのは、現場を仕切っているAPの松田《まつだ》である。

「ねえ、もう帰りましょうよ」

と、番組の司会役をつとめている女性タレントが、うんざりした気持を隠すでもなく言った。

「腹減ったな！　何か出ないの？」

と、演歌歌手の男が文句をつける。「せめてどこかで飯にしようぜ」

「今、バスを呼んでますから」

松田はケータイを手に言った。

——海辺の町に、「とれたての新鮮な魚と貝を食べに行く」という番組で、もちろん地元の漁師と話がついているはずだった。

ところが、その漁師が組合に断っていなかったというので、ロケは出だしからつまずいてしまった。

やっと話がついて収録できたのは夕方になってからで、さらに夕立ちが来て収録はストップ。

かくて、こんな時間までかかってしまったというわけだった。

「すぐバスが来るよ」

と、松田は言って、「おい！　引き上げるぞ！　片付けろよ」

至って簡単な番組だが、それでも、カメラ録音のスタッフ、タレントのマネージャー、メイク係など、マイクロバスをほぼ一杯にするほどの人数になる。

「帰りにどこか寄るか？」

と、ディレクターが言った。

「でも、予算が……」

何しろ、「安上り」だというので通った企画である。しかし、ここから東京へ戻ったら夜十時くらいになってしまうだろう。

「じゃ、途中ファミレスにでも寄りますか？」

「ええ？　ケチね！」

「収録じゃ、ろくに食ってないんだぞ」

文句は出るが、聞こえないふりをするのもＡＰの腕である……。

「早く荷物積めよ！　どんどん遅くなるぞ」

機材を積んで、みんながバスに乗り込む。

「いいか？　忘れ物ないだろうな」

と、松田はバスの中を見回して、「じゃ、出発！」

マイクロバスは、腹を空かしたスタッフとタレントを乗せて、海辺の町を後にした。

ドライバーに、どこか、ファミレスがあったら寄ってくれ、と頼んでおいて、松田は一番前の席に座って、目を閉じた。

「——うん？」

何だか気になることがあった。でも——それが何なのか、考えても分らない。

何か忘れてるような……。

「——ま、いいや」

と呟《つぶや》いて、松田はじきに眠ってしまった……。


ああ、やっと！

足が棒になる、ってこういうことか。

もちろん、今までだって、歩き疲れることはあった。でも、今回はそうじゃない。

これが本来の自分の仕事なら、そうくたびれないだろう。でも、収録の中心になる女性タレントのために、「ヘアブラシを買って来る」のは、久保田杏の本来の仕事じゃなかった。

正直、よほど、

「ヘアブラシなら持ってますけど」

と言いたかったが、

「プラスチックじゃだめなの！　私の髪、いたんじゃうの。いい？　木のブラシよ」

「はい」

彼女のマネージャーさんは、杏との会話を聞いてるはずだが、口を出さない。

初めての町で、杏は必死にヘアブラシを捜《さが》して、駆け回っていたのである。

「あれ？　——どこだろ？」

杏は足を止めると、周囲を見回した。

スタッフの姿がない。——場所を間違えたのかしら？

でも……確かそこに漁船がつながれていて、こっちに大きい倉庫があって。そう、〈冷凍倉庫〉って書いてあったので、

「へえ！　こんなに大きな冷凍庫があるんだ！」

と、びっくりしたのを憶《おぼ》えている。

でも——杏にブラシを捜して来いと言いつけたタレントも、スタッフも誰もいない。カメラマンや録音の人も。

「やだ……。どこで録《と》ってるんだろ」

大方、どこか別の場所で、という話になったんだろう。

杏は、漁船から出て来た男に、

「あの、すみません」

と、声をかけた。「ここでロケしてた人たち、どこにいるか、知りませんか？」

「ロケ？　——ああ、何だかTVの人たちだね？　さっきバスが来て、みんな乗ってったよ」

「え……」

杏は唖然《あぜん》として、その男がいなくなってもしばらく言葉が出なかった。

「そんなこと……。いくら何でも……」

私を置いて帰っちゃった？

ケータイを取り出そうとジーンズのポケットへ手をやったが、ロケバスの中のバッグに入れていたことを思い出した。

「ひどい！　松田さん……」

あのAPとは何度か仕事で会っている。いくら何でも杏のことを忘れて帰りはしないだろう。

しかし——しばらくその辺をウロウロしていても、一向にバスが戻って来る気配はなかった。

三十分近くたって、杏は自分が置き去りにされたことを認めざるを得なかった。

「ひどい……。ひどいじゃないの！」

いくら売れないタレントだといっても、忘れて帰る？

しかし、一人で思っていても仕方ない。

「どうしよう……」

夜気はひんやりとして冷たく、じっと立っていると、寒くなってくる。

杏は、仕方なく来た方へ——つまり「東京方面」へと歩き出した。

杏のことを思い出して、バスが戻って来てくれるかもしれない、というかすかな期待を抱いて……。

1　密談

「もう……いやだ」

　歩き疲れて、杏は立ち止ると呟いた。「東京って、まだ?」

　もう何時間歩いたかしら?

　喘《あえ》ぎつつ、そう思ったが、実際にはまだ四十分くらいしかたっていなかった。

　それでも、いつもそんなに歩いたりしない杏にとっては、とんでもなく長く感じたのである。

「お腹空いた……」

　一旦、自分が空腹だと気が付くと、目が回りそうだった。しかし、今歩いている海沿いの道には、何か食べられそうな所など全くなかった。

　大体、家がない。片側は波が岩をかんでいる海、反対側は深い森。

　もっとも、もし目の前にハンバーガーの店があったとしても、杏は財布を持っていなかった。バスの中のバッグに入れてあるのだ。

　すっかり暗くなり、しかもこの道を通る車はほとんどなかった。

「許さないからね！　私を置いてった奴ら、憶《おぼ》えてろ！」

　と、拳を振り回してみても虚《むな》しいだけ。

　いや、その上に……。

「え?　いやだ！　——やめてよ！」

パタパタと雨が杏の肩や頭に当り始めたのだ。そして、たちまち本降りになってしまった。

杏は、ともかく道から外れて、森の中へと入って行った。

少しは雨よけになったものの、それでも降りしきる雨はもう杏の服から下着にまで冷たくしみ込んでいた。

そのとき――森の奥に、小さな明りが見えたのである。

あれって、幻？　――いや、そうじゃないらしい！

木々の間を抜けていくと、目の前に、木造りの小屋が現われた。その窓から明りが覗《のぞ》いていたのである。

杏は、ともかくドアへと駆け寄って、ドンドンと叩いた。

「すみません！　誰かいますか？」

返事はなかったが、辛抱も限界だった。杏はドアを開けて、小屋の中に入って行った。

小さな小屋で、誰もいないことはすぐに分った。明りは天井からぶら下った裸電球一つ。

しかし、今の杏には、その明りに照らされて、古ぼけたテーブルの上に置いてある「おにぎり」だけしか目に入らなかった。

それが誰のものか、とか考えている余裕はなく、四つ置かれていたコンビニのおにぎりをともかくつかんで包装をむくのももどかしく、ワッとかみついた。

アッという間に二つ、食べてしまってから、杏はやっと息をついた。

あと二つ。――食べようと思えばもちろん入ったが、そこはやはり「タダで誰か知らない人のおにぎりを二個食べてしまった！」ことへの後ろめたさを覚えていたのである。

それだけの余裕ができたとも言えるが――。しかし、一向に状況は良くなっていない。

外は本降りの雨だし、杏もすっかり濡れて体が冷えてくるのが分った。

「このままじゃ、風邪ひいちゃう」

と呟いたものの、この雨の中へ出て行ったら、それこそ死んでしまうかも……。

そのときだった。窓の外にライトが動くのが見えて、小屋の裏手に車が停ったのである。――誰か来たんだ！

どうしたものか、一瞬迷ったが……。

「こんなにひどい雨になるとは思わなかったな」

ドアを開けて、最初に入って来た男が言った。

「濡れるの嫌いなんだ、俺」

と、二人目の、かなり若そうな男が口を尖らして言った。「傘をさしてちゃ、やれねえよな」

「当り前だ」

初めに入って来た背の高い男が苦笑して、

「片手で傘さして、片手で拳銃構えてるのか？　そんな強盗、見たことねえ」

「雨は好都合だ」

と言ったのは、最後に入って来た男だった。

黒っぽいコートをはおっていたが、小屋へ入ると脱いで、テーブルに置いた。

背の高い男は白っぽいスーツを着ていた。

「――何だ、おにぎり二個しかないぜ」

「へ？　そんなわけはねえよ」

と、若い男が目を丸くして、「ちゃんと四つ買って来たよ」

「四つ？」

「だって、俺若いから一つじゃ足りねえもん」

「だが、二つしかないじゃねえか」

「変だな。そんなわけ……」

「いいから、お前らで一つずつ食べろ」

と、一番年長のコートの男が言った。

「でも、兄貴は？」

「俺はいい。お前みたいに、一年中腹を空かしちゃいねえ」

「いやあ……。でも、おかしいなあ」

と、首をかしげつつ、もうおにぎりにかぶりついている。

「——雨だと、向うもこっちの顔や様子をよく見てねえ。それに、足跡や車のタイヤの跡を雨は消してくれるしな」

と、年長の男が言った。「いいか。もう一度手順を確認するぞ」

「ちゃんと頭に入ってるよ」

と、若い男が手についた米粒をなめて取りながら言った。

「そういう自信が危ないんだ。おい、満《みつる》、拳銃の手入れはしたのか？」

「しっかりやってあるよ、兄貴」

「俺にもくれよ、一挺」

「お前なんかに持たせたら、自分の足でも撃ちかねないからな」

「そんなのって……」

「おい、トオル」

と、年長の男が言った。「お前は車のことだけ心配してろ。この雨だ。車がスリップしたりすると逃げそこなうぞ」

「車のことなら任しといてくれよ！　どんな雨でも大丈夫さ」

と、トオルという若い男は胸を張った。

「よし。——問題は、どうやって、裏口の扉を開けさせるかだな」

「銃を突きつけてやりゃ——」

「間違って引金を引いたら、殺しちまうかもしれないんだぞ。俺が考えてるのは、車の事故があった、と言って、一一九番させてくれと頼むって手だ。スンナリ行くかどうか、心配だが、他にいい手が——」

と、「兄貴」が言いかけたとき——。

「ハクション！」

当然、その三人以外の誰かのクシャミだった。

「——こいつ！」

小屋の隅に寄せてあった古いストーブのかげに隠れていた杏は、冷え切った体で、どうしてもクシャミを我慢できなかったのだ。

「ごめんなさい！」

満に引張り出されて、杏はともかく早口でひたすら謝った。「ごめんなさい！　二つも食べるつもりじゃなかったの！　でも、もの凄くお腹が空いてたから、気が付いたら二つめを食べ始めてて。食べかけで残しても失礼だろうと思ったの！」

「——おにぎりの話か」

と、「兄貴」が言った。

「ほらね！　俺、ちゃんと四つ買って来てたんだよ」

と、トオルが言った。「こいつ！　二つも食いやがって！」

「おにぎりの話はどうでもいい。——どうしてここにいるんだ？」

「あの——私、置いてかれちゃったんです。ロケバスでみんな先に帰っちゃって、私のこと忘れちゃったみたいで……」

「ロケバス？」

「ＴＶの収録で。この先の漁港で、おいしい魚と貝を食べるって企画だったんです。あ、もちろん食べるのは有名なタレントさんだけで、私なんかは食べられないんですけど。それで。私、女性のお笑いタレントの吹き替えで連れて来られて。でも、結局出番はなかったんですけど……」

色々話は飛んだが、ともかく杏の置かれた状況は三人に伝わったようだった。

「置き忘れて帰っちまうなんて、お前、よっぽど売れてないんだな」

と、トオルがからかった。

「おい、トオル。お前、この子にそんなこと言えた身か?」

と、満が言った。

「まあ、その話はいい」

と、「兄貴」が言った。「問題は、今の俺たちの話を聞いてたってことだ」

杏はあわてて、

「私――何も知りません! 濡れて寒くてガタガタ震えてたんです! 何も聞いてません!」

「そう言われてもな……。こんな狭い所だ。いやでも耳に入るだろ」

「じゃ、こいつ、バラすの?」

と、トオルが訊いた。

「よせ。気絶しちまうぞ。そんなこと聞いたら」

と、満が言った。「兄貴、どうする?」

「そうだな……。殺しはやりたくねえ」

「うん! じゃ、ここでこの女、いただいちまおうよ! このテーブルの上とかでさ」

トオルの言葉に、杏は真青になった。

「馬鹿言うな」

と、「兄貴」が厳しい口調で言った。「そんな時間があると思ってるのか」

「冗談だよ」

と、トオルが肩をすくめる。

「おい、お前、何て名だ?」

「――杏です。久保田杏」

「聞いたことねえな」

と、満が首をかしげて、「俺はアイドル事情にゃ詳しいんだ」

「どうせ売れてないんです」

杏が少しムッとして言った。

「まあいい」

と、「兄貴」が言った。「杏ちゃんか。聞いての通り、俺たちは三人組の強盗だ。お前は俺たちの顔を見た。こいつはかなりまずい状況だ」

「私……何も言いません」

「気持は分るけどな。やはり、後のことを考えると、お前を生かしちゃおけない」

「でも……」

「そこで相談だ」

と、「兄貴」は杏の方へ向き直って、「俺たちの仕事に手を貸す気はないか?」

「え?」

「つまり、俺たちの仲間にならないか、ってことだ」

「兄貴――」

「黙ってろ。――二つに一つだ。ここで死ぬか、仲間になるか」

二つに一つではない。道は一つしかなかった。


「お疲れさん」

APの松田は、やっとロケバスが東京に着いて、痛む腰をさすりながら立ち上った。「おい! みんな起きてくれ! 着いたぞ!」

途中、工事渋滞があって、結局帰り着いたのは夜十一時を過ぎていた。

都内へ入ってから、何人かは、途中で降りて、十人ほどが残っている。

「――松田さん」

と、メイクの女性が、「誰か忘れてったみたいよ」

バッグを松田へ渡して、バスを降りる。

「忘れ物? 誰のだ?」

バッグを開けて、松田はケータイを取り出したが……。

「――しまった！」

杏！　あいつのことを忘れてた！

「――どうしよう」

と、松田は座席にへたり込んでしまった。

出発するとき、杏はバスの近くにいなかった。ロケに連れて行ったものの、結局杏の出番はなく、何か飲み物を買って来たりしていたようだが、松田は収録の指示で手一杯だった。

そして帰るとき、バスの中を見回して……。

「参ったな！」

しかし、今さらどうしようもない。ケータイもここにあるのでは、連絡の取りようがない。

「まあ……。子供じゃないんだからな」

大方、置いて行かれて途方にくれているだろうが、まあ、どこかへ泊めてもらうぐらいのことはできるだろう。

バッグの中には財布も入っていた。金も持っていないのか。

「ま、こんなこともあるさ」

と、自分を納得させると、杏がどう思っているかは、とりあえず考えないことにして、松田は、

「今度、飯でもおごってやろう」

と、呟くと、自分のバッグの中に杏のバッグを押し込んで、バスを降りた。

もちろん、杏がどんな目にあっていたか、松田には想像もつかなかったのだ……。

2　凶悪犯

「あら」

と、今野真弓《こんのまゆみ》は言った。「強盗ですって。いやね、犯罪の多い町って」

「刑事にしちゃ妙な言い方だな」

夫の淳一《じゅんいち》は、トーストにバターを塗りながら言った。

熱いトーストにバターがしみ込んで、いい匂いがする。

「あなたって、トーストにバターを塗る天才ね」

「他に感心することはないのか？」

——今野家の穏《おだ》やかな朝食風景である。

「そりゃあるわよ」

と、真弓は言った。「あなたは鍵を開ける天才だし、スリの天才だし、指紋を拭き取る天才だわ」

「どうもろくでもないことばかりだな」

「ひと口に言えば、『泥棒の天才』ってことでしょ」

「あんまり表向きに自慢できることでもないぜ」

この夫婦、夫は名泥棒（？）、妻は警視庁捜査一課の刑事である。

ＴＶでは、競馬場が、夜、四人組の強盗に襲われ、売上げ約一億円が奪われたというニュースが流れている。

「男三人と女一人ですって」

「まあ、いずれにしても捜査一課の担当じゃないだろ」

「そうね。でも拳銃を持っていたのね。犠牲者が出なくて良かったわ」

「最近は大分おとなしくなったんだな」

「だって、拳銃だけよ。今どきの強盗なら、マシンガンやバズーカ砲ぐらい用意しとかないと」

おとなしくなってはいないようだ。

真弓のケータイが鳴って、

「あら、道田《みちだ》君だわ。――もしもし？」

「真弓さん！　もうお目覚めでしたか？」

真弓の忠実な部下、道田刑事である。

「え？　ああ……。今、ケータイの音で目が覚めたの」

「起こしてしまったんですね！　すみません」

「いいわよ。刑事の宿命ですもの。何か事件？」

「はい、殺人事件で……。少ししてからお迎えに行きましょうか？」

呑気《のんき》な刑事もあったものだが、要するに愛する真弓のためなら、道田はどんな無茶でもやってしまうのである。

「まあいいわよ」

と、真弓はのんびりコーヒーを飲みながら、「これから大急ぎで仕度をして、朝食も抜きで待ってるわ。三十分したら来てちょうだい」

「分りました！」

と、道田は感動した様子で、「真弓さんの部下で、僕は幸せです！」

「おい」

と、淳一は真弓が通話を切ると、「あんまり道田君をオモチャにするなよ。可哀そうだ」

「あら、道田君はこれで幸せなのよ。私は部下を幸せにしている、世にも珍しい上司なの」

確かに、その真弓の主張は嘘とも言えなかった。

「あら、道田君がメールして来たわ。〈殺されたのは、城満《じょう》という男です。三十一歳。ポケットになぜか百万円近い現金がそのまま押し込まれていました〉ですって」

「ちょっと面白そうな話じゃないか」

と、淳一は言った。「ともかく、仕度したらどうだ?」

「まだ二十五分あるわ」

真弓はそう言って、「ちょっとベッドで体操しない?」

と、色っぽい目つきで淳一を見たのだった……。


「ああ、昨日の経費の精算を頼むよ」

と、松田はTV局のロビーでケータイを使っていた。「――うん、領収書はちゃんとあるから。――帰りにファミレスで飯を食った。それぐらいは何とかしてくれよ。いいだろ? 何か文句をつけられたら言ってくれ」

と、切ってから、

「全く、ケチなんだからな!」

と、文句を言って――。

そばに立っている久保田杏に気付いて、びっくりした。

「杏! ――ああ、驚いた! 何とか言ってくれよ」

と言ったが、「いや、昨日はすまん! 俺も疲れてて、気が付かなかったんだ。東京に着いてから思い出して、青くなったよ。本当だ。お前がどうしてるかと思ってな。でも無事に帰れたんだな?」

しかし、杏は松田の言っていることなど、まるで聞いていない様子で、

「私のバッグ……」

と言った。

「え? ――ああ、そうそう! お前のバッグね。すぐ持って来たよ。今、俺のロッカーに入ってる。すぐ

取って来てやるからさ」

「ありがとうございます」

杏は少しも怒っている風ではなかった。それが却《かえ》って松田には気味悪く思えて、

「な、昨日のお詫びに、今度晩飯をおごるよ。何が食べたい？　何でもお前の好きなものでいいぜ。イタリアン？　それとも焼肉か？」

しかし、杏は真直ぐに松田を見つめると、

「松田さん。長いことお世話になりました」

と言った。

「え？」

「私のこと、ほんの少しの間でいいですから、忘れないで下さいね。『ああ、あんな売れない子がいたな』とでも」

「おい、杏、どうしたんだ？　怒ってるのか？　まあ当然だけどな……」

そのとき、ロビーに置いてある大きなディスプレイに、ニュース番組が映って、

「昨夜の強盗事件について、続報です」

と、女性アナウンサーが言った。「強盗の中の一人、若い女は顔も隠さず、犯行時、職員の女性たちに銃を突きつけていました。その職員によると、女性は『冷酷そうで、人を殺すことなど何とも思っていないようでした』とのことです」

そして、パネルをカメラに向けて、

「職員の記憶を元にした似顔絵がこちらです！」

と言った。

杏はしばらくポカンとして、画面を見つめていた。

そこには――眉がつり上り、細い目に冷ややかな凶悪さを浮かべた、いかにも「人殺し」という女の顔が描かれていた。

――杏は笑った。

これが私？　どう見たって別人だ！

「おい、どうかしたのか？」

と、ふしぎそうに松田が訊くと、

「何でもない！」

杏はいきなり元気になって、「ご飯おごってね！　一回じゃだめ！　焼肉とフレンチとイタリアン！　三回はおごってもらわないとね」

松田は呆気《あっけ》に取られていたが、

「――分ったよ。じゃ、今夜は何にする？」

と訊いた。


必死の演技だった。

それはそうだろう。久保田杏は、本当に殺されるかどうかの瀬戸際に立っていたのだから。

「お願いします！」

震える声で、杏は防犯カメラに向って訴えた。

「助けて下さい！　車が事故にあって。彼が死にそうなんです！」

〈通用口〉は、雨の夜の中、ポカッとそこだけが明るくなっている。

芯までずぶ濡れになって、真青になった杏の姿をモニターで見たガードマンが、ついドアのロックを開けてしまったのも無理はなかった。

杏がドアを開ける。次の瞬間、金沢《かなざわ》――リーダーの「兄貴」と呼ばれていた男――と城満の二人が、拳銃を手に、中へ駆け込んだ。

「動くな！」

と、金沢はガードマンに銃を突きつけた。

「下手な真似すると撃つぞ。おとなしくしてりゃ大丈夫だ」

ガードマンだって、大していいとも言えない給料のために、命をかけてまで職務を果そうという気はなかった。アッサリと両手を上げる。

「その奥のドアだ」

と、金沢は言った。「いいな。問題ないって様子で、そのドアを入れ」

ロックされたドアの向うには、今日一日の売上げ、数千万円が待っているはずだ。

ガードマンはその分厚いスチールのドアの前に立って、持っていたカードを読み取り機にかざした。

カチャリとロックが外れる。

金沢と満が、ガードマンを急《せ》き立てて押し入った。

金沢たち二人は、黒い大きなマスクをつけていた。当然防犯カメラには写っているが、顔はまず分らないだろう。

ああ……。杏はため息をついた。

私、強盗の共犯者になっちゃった。でも——脅されて、仕方なかったっていえば、分ってくれるだろう……。

杏にはマスクがない。通用口を入ったところで、もう杏の「仕事」は終っていた——はずだった。

ところが、奥のドアが開くと、金沢が顔を出して、

「おい！」

と呼んだのである。「こっちへ来い！」

「え？」

「早く来い！」

逆らうわけにもいかず、杏はドアを押えている金沢の方へ近寄った。

「お前も中へ入れ」

と、金沢が言った。

「でも——」

「今さらいやだなんて言うな！　早く入れ」

杏は金沢に引張り込まれて、その部屋の中へ入った。——広い部屋で、中央のテーブルには札束が山と積まれてあった。

しかし、部屋の一方の隅に、十人近い男女が固まっていた。半分は女性だ。

「いいか」

と、金沢が杏の耳もとで言った。「こんなに多いと思わなかったんだ」

「え……」

「人も金もだ。一人じゃ、とても運び出せない」

と、金沢は言った。「お前、拳銃を渡すから俺たちが金を運び出す間、こいつらを見張ってろ」

杏は唖然として、

「そんなこと……」

「黙って言う通りにしろ」

「はい……」

確かに、満が男女に銃を突きつけているので、札束を袋に詰めることができないのだ。

「おい」

と、金沢は満に言った。「お前の銃をこいつに渡す。こいつが連中を見張る」

「でも――」

「早くしろ。金を袋に詰めて運ぶんだ。一度や二度じゃ運び切れない」

「分ったよ」

というわけで――杏は拳銃を両手で構えて、十人近い男女に――正しくは十一人だった――銃口を向けることになってしまった。

「いいか」

と、金沢が言った。「この女はな、若いがもう三人も殺してる。人を殺すことなんか何とも思ってねえ、怖い奴なんだ。下手に動くと、撃ち殺されるぞ」

人のこと、勝手に悪者にして！

腹は立ったが、成り行きというのは恐ろしいもので、杏はそのまま銃を構えていた。

金沢と満は布袋にせっせと札束を詰め込んで、運び出しては、また戻って来て布袋に札束を――という動きをくり返していた。

たまたま、二人とも部屋から出て行ったとき、女性の一人が、

「あの……」

と、おずおずと言った。

「何?」

「トイレに……行かせてくれません?　我慢できなくて……」

杏も、割合トイレが近い方で、本番中に行きたくて必死でこらえていた辛い体験があった。

「そう。——辛いよね」

と肯《うなず》いて、「行って来ていいわよ」

「ありがとう!」

と、その女性が小走りに出て行く。

すると、他にも、

「私も!」

と、女性が二人、追いかけるように出て行った。

「——これで全部だ」

戻って来た金沢が、残った札束を全部袋へ入れると、「——何だか、女が減ってないか?」

「トイレに行ってる」

と、杏が言うと、

「お前……」

と、金沢が絶句した。「行くぞ!　通報されてる。急げ!」

「でも……」

「逃げるぞ!」

杏は、あわてて金沢と一緒に部屋を出た。

雨は少し小降りになっていた。

車に乗り込むと、

「行け!」

と、金沢が言った。

運転担当のトオルが車を出す。——そして車は夜の道を突っ走った。

「あの……これ」

と、杏は、マスクを外して息をついている金沢へ、拳銃を返した。

「ああ。——ご苦労だったな」

「いえ……」

少し落ちつくと、今の状況が分って来て、杏は青くなった。

「悪かった」

と、金沢は言った。「あんなことになるとは思わなかったんだ」

「金はたんまりあったぜ」

と、満が言った。「思ってた以上だろ」

「そうだな。四、五千万かと思ってたが、たぶん一億はあるだろう」

「やった！」

と、トオルが飛び上った。

「喜ぶのは早い。ともかく、早く東京へ入ることだ」

通報されれば、非常線が張られ、検問が始まる。そうなる前に、東京都内へ入ってしまわなくては。

トオルも、運転の腕は確かなようで、雨の中、猛スピードで車を走らせていた。

そして――無事、検問に引っかかることなく、車は都内へ入った。

「よし」

と、金沢は息をついて、「トオル、もうスピードを落とせ。俺が道を説明する」

「どこへ行くんだ？」

と、満が訊く。

「一旦、この金を隠さなきゃならん。いい場所を見付けてある。――おい、その先を左折して、しばらく道なりだ」

「しかし……」

と、満はちょっと杏を見て、「どうするんだ？」

「あの――私、どこか駅のある所で降ろして下さい」

と、杏が言った。

「そうはいかねえよ」

と、満は言った。「お前は顔を見られてるんだ。手が回るぞ」

「でも……私、何もしゃべりません。もし逮捕されても、黙ってます」

「おい、満」

と、金沢が言った。「仕事を手伝わせたんだ。今さら邪魔者扱いにはできない」

「だけど、捕まりゃ必ず吐くぜ。取り調べは甘くない」

「だからな、杏には、どこか遠くへ逃げてもらう。しばらく、ほとぼりがさめるまで不便でも身を隠してるんだ」

「あの……」

と、杏は言った。「私、何もなかったことにして下さい。お金もいりませんから」

「しかし――」

「分ります。顔見られてるけど。私、売れてないから、たぶん誰も気が付かないですよ。捕まったら、私じゃありません、って言い張ります」

金沢は、何も言わなかった。

「トオルさん、その辺で停めて下さい」

と、杏は言った。

車が停ると、杏は、

「東京まで送って来てもらって、ありがとう」

と言って、「じゃ、失礼します」

と、スライドドアを開けると、車を降りた。

「雨、上ってますよ」

と言うと、明るく見える駅の方へと歩き出した。

満が拳銃を手にして、車を降りようとした。金沢がその肩をつかんで、

「よせ」

「あいつが捕まりゃ、俺たちは終りだ。やるしかねえ」

満が金沢を振り切るように車から降りると、杏の

後ろ姿に銃口を向けた。

そして——銃声がした。

杏はびっくりして振り向いた。

満がゆっくりと地面に崩れ落ちるところだった。

——金沢が拳銃を手に、車から出て来る。

「どうして……」

と、杏は呟くように言った。

「お前を殺させるわけにゃいかない」

と、金沢は息をついて、「そうだろう」

杏には何とも言えなかった。

3　仲間

「後ろから撃たれてるな」

と、検死官の矢島《やじま》が言った。「みごとに一発で仕止めている。腕の立つ奴だろうな、犯人は」

「背中を狙うなんて、卑怯《ひきょう》だわ！」

と、真弓が怒っている。「許せない！　殺してやるわ」

「まあ落ちつけ」

なぜか（?）いつも一緒について来ている淳一が言った。「撃たれた方も拳銃を持ってるぜ」

「そうね。でも、一対一なら正面切って決闘しなきゃ」

西部劇じゃないのだ。

「撃たれたのは、城満という男です」

と、道田刑事が言った。「前科のある男で他の刑事が顔を憶えてました」

「じゃ、仲間内のもめ事ね。きっと」

と、真弓は早々と納得している。「それと――お金を持ってたって？」

「はい、ポケットにちょうど百万円の現金が」

「ちょうど？」

と、淳一が言った。「札で、かい？」

「ええ、一万円札ばかりです」

「ポケットの中をよく捜してみろ。札束の帯が切れたんじゃないか？」

道田が、城満のポケットをていねいに探ると、

「ありました！」

と、クシャクシャになった紙片を取り出した。

「指紋を調べて」

と、真弓は言った。「ちゃんとよく調べなきゃだめよ。私の淳一さんが注意してあげたからいいけど」

「はあ、申し訳ありません！」

手袋をした道田の手にのったその紙片を、淳一は顔を寄せて見ていたが、

「——そういうことか」

と肯いて、「見ろよ。この帯に、地方競馬のマークが印刷してある」

「それじゃ——」

「ゆうべ一億盗まれたんだろ？　その百分の一が、ここにあるってことだな」

「仲間割れね。分りやすい殺人だわ」

「うん……。しかし……」

「あなた、何か気に入らないの？」

「撃たれたのは、いつごろだい？」

と、淳一が矢島に訊く。

「夜中だろうな。午前一時とか二時とか」

「盗んで、車でここまで逃げて来て、すぐ仲間割れか？　ちょっと早過ぎないか？」

「よっぽど金の欲しい男たちだったのよ」

「百万円の束を一つポケットへ入れてた。ってことは、金のほとんどはどこかへ隠して、当面、札束一つを取ったってことだろう。ああいうところの金は、番号も控えてないし、記録もないから、使っても分らない」

「それで納得したのなら、どうして射殺したの？」

「俺にそこまで分るわけないだろ」

と、淳一は苦笑して、「それに、今『男たち』と言ったが、女もいたそうじゃないか」

「そう！　それも大胆よね！　平気で顔をさらしてたっていうんだから」

「それもふしぎだな。マスク一つぐらい、どうにでもなりそうだが」

「若いけど、冷酷な顔つきだったたって話よ」

「そういう印象はあてにならないぜ。お前たちも分るだろうけどな」

「もちろんよ！　銃を突きつけられて、冷静じゃいられないわ。記憶はかなり怪しいと思わなくちゃね」

と、真弓は言って、「いずれにしても、この殺人の原因は、昨夜の一億円略奪だわ。併せて捜査する必要があるわね」

「そうですね」

と、道田が言った。

「一億円の方の目撃者を集めて。話を聞きましょ」

「現場で聞いた方がいいだろう」

「もちろんよ！　私もそのつもりで言ったの。――これは簡単に片付く事件かもしれないわね」

と、真弓は言って欠伸をした。


「局のプロデューサーと話したんだ」

と、松田が言った。

「これ、おいしいですね」

と、久保田杏はフォアグラを食べながら、「私、生れて初めて食べた、フォアグラって」

「旨いか。でも、年中食べてると体に悪いぜ」

「年中なんて食べられませんよ、こんな高いもの」

そこそこ有名なフレンチのレストラン。――松田としては、何とか口実をつけて、経費で出させようと考えていた。

「それでな」

と、松田は言った。「局のプロデューサーが、お前のこと、目にとめててくれたんだ。暮れの特番で、どこかのコーナーに考えてくれるってことだ。年末の特番だ。チャンスだぞ」

しかし、それを聞いても、杏はびっくりするでもなく、淡々とフォアグラを食べ終えてパンを一口ちぎって口へ入れると、

「——無理しないで」

と言った。

松田はちょっと面食らって、

「お前……」

「この間、私を置き忘れて帰ったから、可哀そうに思ってくれてるんでしょ？　無理しなくていいんですよ、私に存在感がないせいなんだもの」

「杏、お前、出たくないのか？」

「特番ですね？　私で何かお役に立てるのなら、喜んで出ますけど」

「もちろんさ！　そういうときはパッと目立たないでどうする」

「何やるんですか？　決ってないですよね」

「ああ、まだ具体的にはな。だが、出してくれることは確かだよ」

杏はちょっと微笑《ほほえ》んで、

「私も知ってます。ＴＶの世界の『確かだ』ってことがどの程度確かなのか」

と言った。「具体的になったら、教えて」

「ああ……。分った」

「わあ、分厚いステーキ！　私、牛肉なんてめったに食べないから、胃がびっくりしちゃうかも」

と言って、杏は大きなステーキにナイフを入れた。

松田もステーキを食べながら、

「——お前、何だか変ったな」

と言った。

「そう？」

「ああ。何かこう——大人になった、って感じだ」

杏はちょっと笑って、

「私、もう十九ですよ。子供じゃないでしょ、十九なら」

「まあ、そうだけどな」

「色々経験すると、人って変るわよ」

松田はステーキを切る手を止めると、

「お前……そうだったのか？」

「え？」

「つまり……経験したのか。男と、その……」

と、口ごもる。

「いやだ！」

と、杏は苦笑して、「経験っていっても、色んなことがあるでしょ。そんなことばっかりじゃないわ。どうして男の人って、そんなことしか考えないんだろ」

「おい……。だって、お前の言い方が……。まあ、お前の私生活にまで立ち入るつもりはないけどな」

「こういう会話を誰かが聞いてると、たちまちＳＮＳで、私が男とできてる、って流れるのね。でも、私は無名だから、大丈夫か」

杏は、またステーキに熱心に取り組んだ。

デザートを選んでオーダーすると、杏のケータイが鳴った。

「ちょっとごめん」

杏は席を立って、レストランのクロークの辺りまで行ってから、

「――もしもし」

「金沢だ」

「あ、どうも」

「そっちは――どうだ？」

「今のところ何もありません」

「そうか。ＴＶでお前の似顔絵ってのを見た」

「私も、笑っちゃってた。全然似てないんだもの」

「全くだな。人の記憶なんてあてにならねえ」

「このまま忘れられるといいですけどね」

「そうだな。もし、警察が目をつけてると思ったら、連絡しろ。どこかへ逃がしてやる」

「金沢さん、どうしてそんなに私のこと、心配してくれるの？　満さんがやろうとしたみたいに、私を消す方が簡単でしょ」

「素人《しろうと》のお前を巻き込んだ責任がある。申し訳なくてな」

「でも……仲間の満さんを殺してまで……」

と言ってから、杏は周囲を見回した。「今レストランの中なんです」

「そうか。相談することがある。どこかで会えないか」

「いいですけど……。じゃ、いつ、どこで？」

と、杏は言った。

金沢は通話を切って、ちょっとの間、考えていた。

トオルが、あの後で、

「兄貴、あの女に惚れたの？」

と訊くのを、

「馬鹿言え！　まだ子供みたいなもんだぞ」

と、否定したが……。

どうなのだろう？　——金沢自身、分らなくなっていた。

いや、俺はあんな娘に惚れたりしない。そうだとも。

ケータイに、トオルからメールが来た。

〈兄貴、分け前はいつもらえる？

俺、欲しい車があるんだ！　一千万、先にくれないかな〉

金沢はため息をついた。

あの杏よりも、トオルの方がよほど目をつけられやすい。

いきなり一千万の車を現金で買ったら、どう思われるか。

しかし、トオルが金沢の言うことに耳を貸すかどうか……。

4　変化

「参ったわね」

と、真弓が言った。「これじゃ、ますます分らなくなる」

「人の記憶ってのは、分らないもんだな」

と、淳一が言った。

「それにしたって……」

と、真弓は顔をしかめた。「程度ってもんがあるでしょ」

一億円が盗まれた、その現場に来ていた。

そして、強盗が押し入ったときに居合せた人たちが全員揃《そろ》っていた。

要するに、この場に足りないのは、大きなテーブルの上に積み上げられていたはずの一億円だけだったのである。

そして、真弓は改めて、

「皆さんも少し気持が落ちつかれたことと思いますので」

と、顔をさらして全員を見張っていた女性の似顔絵を、もう一度見せたのだった。

「――どうですか？　そのときと、多少印象も違うんじゃないでしょうか」

と、ほぼ実際の顔ほどの大きさに引き伸した写真をパネルにしたものを示した。

「うーん……」

「そうねえ……」

　みんなが一人一人そばへ寄って、その写真を眺めていたが……。

「そういえば、ちょっと違う感じだな」

　と、男性の一人が言った。

「どんなところが？」

　と、真弓が訊く。

「もっと、こう……可愛い感じだったと思いますよ。そんなに怖い目をしてなかった」

「あら、そんなことないわ。私は、もっと残忍な目つきだったたと思ってる」

「そりゃ、先入観があるからさ」

「あなたはね、あのときだって、あの女のこと、〈ASB〉のメグリンに似てるなんて小声で言ってたじゃないの。アイドルおたくだから、つい誰かアイドルと重ねて見ちゃうのよ」

「アイドルって言うなら――」

　と、他の女性が、「メグリンよりミホちゃんに似てるわよ」

「どこが？　ミホちゃんはもっと面長で――」

「そうだ！　誰かに似てると思ったんだ」

　と、中年の男が言った。

「誰ですか、それ？」

「僕の姪《めい》です。なかなかいい子でね。もっと知的な感じですが、よく似ています」

「姪ごさんですか……。お顔が分らないと――」

「そうですよね！　ケータイに写真が入ってます」

　と、男はケータイに写真を出すと、「ほら、この子なんです」

　他の男女も寄って来て、ケータイを覗き込んだが、

「え？　どこが似てるの？」

「ねえ、ちっとも似てないよ、これならまだ私のお母さんの方が……」

「お母さん？　ひどいな。この子、まだ十六だぞ！」

「何もその子がやったたって言ってるわけじゃないわよ」

議論すればするほど、問題の似顔絵はどこかへ行ってしまって、「どのアイドルが可愛いか」という話になる始末。

真弓はほぼ絶望して、

「防犯カメラが、雨の中、外に立ってる女しか写してないんで、顔はよく分らないのよね」

と、ため息をついた。

すると、そこへ、

「真弓さん」

と、道田がやって来て、「今、女が訪ねて来て」

「女？　まさかあなたの彼女じゃないでしょうね」

と、真弓が淳一の方をチラッと見る。

「そんなわけないだろ」

「それもそうね。道田君、その女の人は何と言ってるの？」

「それが――ここへ押し入ったのは自分と仲間だと」

「何ですって？」

真弓が目を丸くした。

「ええ、充分に逃げられると思ってましたわ」

と、その女は言った。「何もかもうまく行って、一億円も手に入ったんですもの。でもあの似顔絵を見てね。――これじゃとても逃げられないって覚悟したんです。あれだけそっくりに描かれちゃったらね。観念するしかないでしょ」

「はあ」

真弓も何と言っていいか分らなかったが、「ともかく、目撃者の方々と会っていただきましょう」

「しかし、真弓さん――」

「分ってるわよ。どんなことでも、思いがけないことから手掛りをつかむことも、ないではないわ」

女は部屋へ入ると、

「皆さん、怖い思いをさせてしまって、ごめんなさい！　私は罪を償います。でも、皆さんにけが人が出なくて幸いでした！」

——居合せた人々は、一様にポカンとしてその突然現われた「自首して来た女」を眺めていた。

それも、「よく似た女」ではなかった。まずどう見ても五十代。そして、太っていて、首がほとんどないほど、顔が大きい。どんなに想像力を働かせてもこの太った女を、あのときの見張り役とは思えなかった。

「私、何年ぐらいの刑になります？」

と、女は真弓に訊いた。

「さあ……。ところで、あなたのお名前は？」

やっと真弓は言った。

「私ですか？　私は——」

と、女は突然胸を張って、「私は安原充子《やすはらみつこ》と申します！」

と、名のったのである。

「何なのよ、一体！」

真弓が八つ当り気味に言った。

「すみません」

と、道田が謝っている。

「道田君が謝ることはないぜ」

と、淳一が苦笑して、「世の中にゃ、変った奴がいるものさ」

「それにしたって……。捜査が混乱するばっかりだわ」

東京へ戻る車の中である。

運転している道田が、

「真弓さん、捜査一課へ行きますか？」

「もちろんよ。捜査一課こそ、私の故郷」

「それにしちゃ、あんまり出勤してないだろ」

「故郷は、遠きにありて思うもの、よ。たまに顔を出すから懐しい」

「そうか?」

「いえ、真弓さんはどこにいても、ちゃんと犯人を逮捕される人ですから」

道田が、憧れの思いをこめて言った。

「まあ、捜査一課長も、たまに会ってればご機嫌だろうしな」

「そうね」

と、真弓もちゃんと分っている。「三日も続けて会ってると、たいてい胃を悪くしてるわ」

いつも突っ走って止まらない真弓のせいで課長は疲れているのである。

真弓のケータイが鳴った。

「――はい、もしもし。――そう。じゃ、ともかく留置しといて。刑務所へ入りたくて仕方ないみたいだものね」

「――何か分ったのか」

「あの安原充子って女、よそでも年中自首してるらしいわ。今回は特に派手な事件だから喜んじゃったみたい」

もちろん、目撃者の誰も安原充子を犯人だとは思わなかったが、安原充子はめげずに、

「よく思い出して下さい! 私が犯人なんです!」

と言い張って、その内、

「ま、そう言われてみりゃ……」

などと言い出す男性が出て来たりして、真弓は急いで彼女を連行させたのである。

「――仕方ないわね」

と、真弓は首を振って、「待つしかないでしょ。犯人がお金を使うのをね」

「だが、頭のいい犯人なら、一億円を当分はどこかに隠しておくだろう」

「でもね、目の前に一億円の現金があったら人間、

我慢できないものよ。色々手を回して、急に派手にお金を使ってる人間の情報を集めるわ」

「あの城満が死んで、あとはもう一人の男と例の若い女。それに、おそらく車を運転していた人間がいるだろう。

三人で一億……。

「割り切れないな……」

と、淳一は呟いた。

また真弓のケータイが鳴った。

「うるさいわね！　——もしもし」

と、面倒くさそうに出たが、「——分ったわ。今、戻るところだから、待たせておいて」

「どうした」

「——死んだ城満の恋人っていう女が、死体を見に来たんですって」

真弓は上機嫌になって、「きっと、仲間のことが何か分るわ。道田君、急いでね！」


「後ろから撃たれたんですか」

そう言ったときだけ、その女の顔が赤らんだ。

城満の死体と面会したときも、ほとんど表情は変らなかったのだが。

——女は佐々木照美《ささきてるみ》といった。

「結婚することになってました」

と、彼女は言った。

捜査一課の応接室の大分古ぼけたソファに座った佐々木照美は、背筋の真直ぐに伸びた、いかにも真面目な印象の女性だった。

「——27歳。仕事は？」

と、真弓が訊くと、

「教師です。中学校で、英語を教えています」

という答えで、真弓は、

「そう。——でも、彼がどういう人か、知っていたの？」

と訊いた。

「フリーの編集者だと言っていました。旅も多かったし、会うのも大変でした」

「でも——城満は競馬場に押し入って一億円を奪った一味の一人だったのよ」

「聞きました」

と、照美は肯いて、「すぐには信じられませんが、お話を聞くと、事実だったのだろうと思います。でも、私にとっては、とてもやさしくて、穏やかな人でした」

動揺している様子はなかった。

「じゃ、付合っている間に、彼の本業について、聞いたことはなかったの?」

「ありません」

「では……。彼の住んでいたアパートは聞いたから、捜索に入るわ。仲間の手掛りがあるかもしれないからね」

「はい、分っています」

「それと——あなたは今一人暮しということだけど、やはりアパートの部屋を捜索させてもらうわ。城満についての情報が必要だから」

「結構です。どうぞ調べて下さい」

と、照美は淡々と言って、「ただ——できれば私のことをマスコミには……」

「もちろん、公表しないわ。あなたが共犯でもない限りはね。それに、家宅捜索も目立たないようにするから」

「ありがとうございます。でも——きっと、どこかから……」

と、呟くように言った。

——真弓が捜査一課へ戻ってくると、道田が、

「あの、今、佐々木照美の勤めている中学校から電話で」

「え?」

「取り調べを受けているのは本当か、と訊いて来ました」

「どこから聞いたのかしら？　でも——もう知れてるわけね」

そうなれば、佐々木照美はおそらく今の中学に教師としてはいられないだろう。

「可哀そうに……」

と、真弓はため息をついた。


「どうしても、か」

と、金沢は念を押した。

「だって、俺にも金を使う権利があるだろ？」

と、トオルが言った。

「それは分ってる」

と、金沢は肯いた。「だがな、お前のためを思って言ってるんだ」

しかし、それだけ言って、金沢は口をつぐんだ。

もう同じことを何十回もくり返していたのだ。

トオルが納得しないことは分っていた。

「だからさ」

と、トオルが言った。「ちゃんと用心するよ。それに、もし——もしも、だぜ。俺が逮捕されたって、兄貴のことは絶対口にしねえよ、約束する。信じてくれよ」

金沢はしばらく黙っていた。

中華料理屋の個室で、金沢とトオル、そして、久保田杏の三人が話をしていた。

食事の間は冗談も飛んでいたが、食事が終って、金沢が金の話を切り出すと、一転して重苦しい空気になった。

今、どうしても欲しい車がある、と言うトオルは、一千万円を先にくれと言って聞かなかった。

「ちょっと待て」

ケータイに電話が入り、金沢は席を立って、個室から出た。

トオルは、黙っている杏の方へ、

「お前、大体もとから仲間じゃなかったんだぞ」

と言った。「お前に分け前なんかやることねえんだ」

杏はちょっと肩をすくめて、

「私、来たくて来たわけじゃないわ」

と言った。「金沢さんに呼ばれたから来ただけよ」

「だけど、しっかり分け前は持ってくんだろ？　ま、金はいくらあってもいいからな」

「私、分け前が欲しいなんて言ったことないわ」

と、杏は言い返した。「あんたこそ、金沢さんの忠告をどうして聞かないの？」

「お前の知ったことじゃねえ」

「そうだけど……。あんたが捕まったら、金沢さんも私も一緒だわ。私、刑務所なんか行きたくない」

「俺はしゃべらねえよ」

と、トオルはくり返した。

金沢が戻ってくると、

「——待たせたな」

と言って、席についた。「いつまでも、この個室に居座るわけにいかない」

「兄貴……」

「いいだろう」

と、金沢は言った。「一千万、先に渡してやる」

トオルが目を輝かせて、

「本当か？　やった！」

と、飛び上らんばかりに喜んだ。

「明日、渡してやる。用心するんだぞ」

「ああ、もちろんだよ」

「ところで……」

金沢は杏の方を向いて、「お前の取り分だが」

と言った。

「前にも言いましたけど」

と、久保田杏は言った。「私、分け前なんかいりません」

金沢が少し困ったように、

「本気なのか」

「ええ。何千万円なんて大金、私なんか身につきません。きっと何か良くないことが起って、失くしちゃいますよ」

「信じられねえ」

と、トオルが言った。「いらねえっていうのなら、何も無理にやることねえよ。兄貴と俺で分けようぜ」

「いや、杏の決断は正しいかもしれない」

と、金沢は言った。「少しでも分け前をもらえば共犯だ。しかし、一円も受け取らなければ、俺たちに脅されて犯行を手伝わされただけだと言える」

「そうか！　ずるいぞ」

「私、そんなことまで考えてません」

と、杏は抗議した。「私、そんなに頭良くないですもん」

「頭が悪いってことを自慢してら。変な奴だ」

と、トオルが笑った。

車を買うのに、一千万円を先に渡してくれることになったので、ご機嫌である。

「一つ、お願いしてもいいですか」

と、杏は言った。

「ああ。何だ？」

「焼餃子、もう一皿注文してもいい？」

と、杏は言った……。

5　命を選ぶ

「迷惑してるんだからね、こっちは！」

　とげのある言葉は、電話口からも突き刺さりそうだった。

「どうもすみません」

　と、佐々木照美は言った。

「もう連絡して来ないでね。あんたとは一切関係ないんだから！」

　そう言って、切ってしまう。

「何よ……」

　と、照美は受話器を置いて、「連絡して来るなって、そっちからかけて来たんじゃないの」

　小学生のころから、全く会ったことのない親戚である。

　確かに、ＴＶのワイドショーや、週刊誌の記者が、〈一億円強奪犯のフィアンセは中学校教師！〉と書きたてて、その「フィアンセ」がどんな女か、友人、知人、同僚から遠い親戚にまで、取材に来るという執念（というよりただのしつこさかもしれないが）には笑わされる。

　しかし、同じ学校の教師などがインタビューに応じるわけもないし、もともと佐々木照美は付合いの広い人間ではなかった。

　そして――当然のことながら、照美が警察で事情聴取を受けた瞬間、照美は教師でなくなっていた……。

アパートの玄関チャイムが鳴った。

「しつこいんだから！」

出なくて放ってあるのだが、それでも鳴らす者がいる。すると――。

「佐々木さん」

と、女性の声で、「警視庁の今野です」

あの、ちょっと変った刑事だ。

「――どうも」

と、玄関のドアを開ける。「家宅捜索ですね」

「その間、亡くなった城満さんの部屋の捜索に立ち合ってもらえませんか？」

「はい……。もちろん」

と、照美は肯いた。

コートをはおって、外へ出る。

当然、待ち構えていた報道陣にもみくちゃにされる――と覚悟していたが、驚いたことに、大勢の記者やカメラマンは左右に分れて、間にはちゃんと通り道ができている。

そして、カメラを向けるでも、声をかけるでもなく、真弓と照美を見送っていたのである。

道田刑事の運転する車に乗って、滑らかに走り出すと、

「一体どうしたんでしょう？」

と、照美は言った。

「何が？」

と、真弓が訊く。

「いえ、あんなに騒がしかったマスコミが……」

「ああ。私がちょっと、『近所迷惑だから、静かにしてなさい』と言ってやったの」

「はあ……」

照美は半ば呆気に取られて、真弓を眺めていた……。

「一千万の車?」

と、淳一は言った。

「本当は二千五百万もするんだぜ。でも、どうしても現金が必要でな。そしたら、明日現金で一千万持ってく、って奴がいたんだ。もったいないが、仕方ない」

「すぐに一千万の現金を用意できるってのは、医者か弁護士かい?」

と、淳一は訊いた。

「いや。それが、ただの若いカーマニアなんだ」

「よく一日二日で一千万用意できたな」

「なあ。ちょっと怪しい気もするが、どんな金でも金は金さ」

車に関することで、淳一と顔見知りの修理工場の主である。

「おい、佃《つくだ》、どうしてもってわけじゃないんだが」

と、淳一は言った。「その若いののことを教えてくれねえか。迷惑はかけない」

「いいとも」

佃は淳一とは長い付合である。もちろん、淳一が普通の人間でないことも承知だが、信頼のおける男だということも分っている。

「トオルって奴だ。まだ——十九かそこらじゃないかな」

と言って、「須田《すだ》トオルだ。そういう名だった」

「ドライバーの腕は?」

「腕はいい。あの若さで大したもんだ」

と、佃は即座に言った。「まあ——噂だがずいぶん色々な強盗事件で、逃走用の車を任されてるって話だぜ」

「なるほど」

淳一は肯いて、「で、いつ金が用意できるって?」

「今夜には手に入ると言ってたぜ。そうしたら、すぐここへ来るって、夜中でも待ってなきゃならねえ」

と、佃は苦笑して、「若い奴はせっかちだな」

トオルの奴はせっかちだからな。

金沢は、約束の場所に、一時間以上前にやって来ていた。

こと、車についてはトオルは誰にも負けないほど愛している。

「しかしな……。だからといって……」

夜の公園は湿っぽくて、底冷えがした。

ベンチにかけた金沢は、傍に一千万円を入れた手さげ袋を置いていた。——雨にならなきゃいいが……。

足音がして、金沢は目をみはった。

「お前……。どうしたんだ」

杏がやって来たのである。

「ここで、トオルさんと会うって言ってたでしょ」

「待ってるところだ。まだ早過ぎる。寒くて風邪ひくぜ」

と言ってから、「杏、お前トオルと……」

「やめて下さい」

と、杏は苦笑して、「TV局のAPさんにも言われた。男と女っていえば、そんなことしか考えないのね」

「こいつは失礼した」

と、金沢は笑って、「じゃ、どうしてここへ来たんだ?」

「やめてほしいから」

「やめる?」

「トオルさんを殺すんでしょ」

金沢は絶句した。杏は淡々と、

「満さんも殺した。トオルさんも? 結局お金をひとり占めしたいだけじゃない」

「杏……」

金沢は深々と息をついて、「俺はまだ迷ってるんだ。しかし、ここでトオルにこの金をやれば、あいつは即座に車を買う。そして、我慢できずに、大喜びで乗り回すだろう」

「だから――」

「分るだろ？　そんなことすりゃ、警察は目をつける。強盗しましたと、宣伝して回ってるようなもんだ」

「でも、だからって、仲間なのに」

「ああ。やりたくはない。だが、捕まればトオルは吐く。取り調べは甘くないんだ。――俺はまだいい。本当に強盗をやってのけたんだからな。だが、杏、お前まで――」

「やめて下さい！」

突然、杏は叫ぶように言った。「私のせいにしないで！　私のために満さんを殺して、今度は私のためにトオルさんを殺すの？　私、刑務所に入ってもいい。人一人の命を救えるのなら」

金沢は、しばらく無言だった。

そして、チラッと顔を上に向けると、

「細かい雨だ。寒くないか」

「ええ、大丈夫」

「お前の言う通りかもしれねえ。お前のためだという口実でトオルを消したら、いつまでも悔むだろうな」

金沢は肯いて、「俺が間違ってた。トオルにはトオルの生き方がある。買った車を三日でも好き放題乗り回せれば、刑務所に入ってもいいと思ってるかもしれねえな」

「金沢さん……」

「しかし、俺は捕まりたくない。この金をトオルへやったら、俺はどこか遠くへ行く。しばらく――何年か、ひっそりと暮して、ほとぼりがさめるまで待つさ」

「じゃ、トオルさんを殺さないのね？」

「ああ。もともとやりたくなかった。——満のときは、迷う暇《ひま》もなかったんだ」

——そのとき、二人は気付いた。

トオルが、少し離れた所に立っていたのだ。

「聞いてたのか」

と、金沢は言った。「持っていけ。これが一千万円だ」

「兄貴」

と、トオルは言った。「俺、絶対にしゃべらねえよ」

「分ってる」

と、金沢は微笑んで「仕事をやる以上、刑務所へ入る危険は覚悟してるさ。まあ、車に夢中になるのはいいが、事故を起すなよ」

「ああ」

トオルは手さげ袋を手に取って、「杏、心配してくれてありがとうよ」

と言うと、行きかけたが——、

「そうだ！」

と、杏は突然声を上げた。

「どうした？」

「いいこと考えた！　もし、そのお金のことで、警察に訊かれたら、『拾った』って言えばいいのよ！」

「何だって？」

「私が証言してあげる。トオルさんとデートしてて、公園の屑《くず》入れに、缶ジュースの空缶を捨てようとしたら、紙袋に入って、一千万円が捨ててあった、って」

「杏……」

「ね？　もちろん届け出なかったのはいけないけど、強盗したよりは罪が軽いでしょ？　そうしましょう！　本当だって言い張れば、警察だって嘘だとは言えないはずよ」

——金沢とトオルは、しばらく黙っていたが、やがて、金沢が首をすぼめて、

「雨だ。これ以上濡れると、風邪ひくぞ」

と、立ち上った。「トオル——」

「俺、このまま車を買いに行くんだ」

「好きにしろ。——俺は熱いラーメンでも食べるよ」

「私もラーメン！」

と、杏は手を上げて、「一番高いチャーシューメンにしようっと！」

6　発見

偶然というものは面白い。

個人の意志とは関係なく、人を押し流してしまったりする。

そもそもが、杏はトオルとデートしようなどとは思っていなかったのである。しかし、夢に見た車を手に入れたトオルが、杏のケータイへかけて来て、

「一度乗ってみろよ！　な！　すぐ迎えに行くからよ！」

と、強引に誘った。

もっとも、これはデートというものでもなくて、ともかく誰かを乗せたくて仕方なかったトオルの「自慢したがり」だったのだが。

杏も、別にフェラーリなる車に乗りたいわけではなかった。ただ、トオルなりに、杏に心配をかけたことへの礼をしようということだと分っていたので、

「じゃ、今日なら……」

と、付合うことにしたのだ。

「どうだ！　全然違うだろ！」

と、トオルは、いつもよりオクターヴも高い声を出した。

「うん、本当ね……」

確かにその車は、杏がごくたまに乗るタクシーなんかとは違っていて、パワー溢《あふ》れる走り方をした。

でも——杏は内心思っていた——結局、車は車よ

ね……。

途中、車を停めて、ドライブスルーで買ったハンバーガーをパクついていると、杏のケータイに、あのＡＰの松田からかかって来た。

「杏、今どこだ?」

「え?　外ですけど」

「すぐKテレビへ来い!　場所分るだろ?」

「ええ。でも……」

「そこの裏手の駐車場で、年末特番の収録してるんだ。それに出られる。十五分で来いよ!」

切れてしまった。

隣で聞いていたトオルが、

「何だ、勝手な奴だな」

「でも行かないと。仕事だもの。――十五分でKテレビなんて、無理ね」

「Kテレビってのはどこだ?　――ああ、分った。その近くでバイトしたことあるぜ」

「じゃあ――送ってくれる?」

「任せとけ!　十五分だな!」

「そんな、無理しなくて――」

と言いかけて、杏はやめた。

トオルのフェラーリは、猛スピードで走りだしていたのである。

よく、スピード違反で捕まらなかったと思うのだが、トオルは十二分でKテレビの駐車場のそばまで着けた。

「――ありがとう」

杏は大きく息をついた。生きた心地がしなかったのだ……。

「来たな!　難しい仕事じゃない」

と、松田がやって来て、「ただ、キャーキャー悲鳴を上げてりゃいい」

「悲鳴?　どうして私が?」

見れば、広い駐車場に、人気のお笑いタレントが、真赤なスポーツカーによりかかってポーズを決めている。

「ランボルギーニだ」

車とくれば黙っていられず、トオルも見物に来た。

「あの車の助手席に乗って、車が猛スピードで走ったり急カーブしたりするから、『キャー！』って叫んでくれ」

「それだけ？」

「ああ。簡単だろ？　しかもカメラがちゃんと車にセットしてあるから、お前の顔もしっかり映る」

どうやら、その役をつとめるはずだった女性タレントが、「車に酔うから」いやだと拒んだらしい。

結局、代役なのね、と思ったが、仕事は仕事だ。言われるままにメイクしてもらって、その車の助手席に納まる。

「怖がって泣くなよ」

と、そのお笑いタレントがニヤついて言った。

「行くぞ！」

車自慢のコーナーなのだろう。広い駐車場を、そのスーパーカーは右へ左へ走り回った。

そんなに怖くなかったが、杏も精一杯、悲鳴を上げてみせた。

「——OK！　良かった！」

スタッフが拍手する。

杏は車を降りると、カメラに向って、

「スリル満点でした！」

と、コメントした。

すると——。

「素人じゃねえか」

という声が、いやにはっきり聞こえたのである。

トオルだった。杏はあわてて、

「ちょっと！」

と言いかけたが、お笑いタレントの方がムッとして、

「何だと？　俺のことを言ってるのか？」

「ああ。せっかくいい車なのに、もったいねえよな」

と、トオルは言ってのけた。

「お前、あれを運転できるのか？」

「当り前だ。何なら助手席で悲鳴をあげさせてやろうか？」

杏は気が気じゃなかった。人気タレントを怒らせたりしたら……。

「よし！　じゃ。運転してみろ！　かすり傷一つでもつけたら、ただじゃおかないぞ！」

というわけで、トオルはスーパーカーのハンドルを握り、助手席にそのタレントを乗せると、

「行くぜ」

と言った。

いきなり車は猛スピードで走り出し、駐車場のフェンスへと突っ走った。スタッフが「アーッ！」と声を上げた。

車はフェンスぎりぎりで急カーブしたと思うと、後はまるで野獣の如く、駐車場の中を駆け回り、スタッフの中へ突っ込みそうになってすり抜け、元の位置にピタリと停った。

「——ありがとよ」

と、トオルが車を降りると、「やっぱりいい車だな」

スタッフが車へ駆け寄ると、ふらふらになったタレントを支えながら助手席から降ろした。

「トオル……」

「もう帰れるんだろ？」

「たぶん……ね」

するとと、松田が駆けて来て、

「おい、待ってくれ！」

「松田さん、私、もう用ないんでしょ？」

「それより、君……。なんて言うんだ？」

「この人？　トオルっていうの」

「トオル君か。ちょっと話そう。いいだろ？　ランチ、おごるよ」

「そいつはどうも。でも、さっきハンバーガー食ったしな」

と、トオルは言った。「晩飯なら食べてもいいぜ」

「何が起るかわからないもんだな」

と、淳一は言った。

「あら、何の話？」

と、真弓が訊き咎《とが》めて、「魅力的な女と出会って、ひと目惚れするとか？」

「誰もそんなこと言ってないぜ」

——二人はKテレビの食堂で食事していた。

「値段の割にはまずまずの味ね」

と、真弓は言った。「点数つけるなら65点かしらね」

「食事しに来たわけじゃないぞ」

「そうよね。——何の用だっけ？」

「大金で車を買ったトオルって若い男のことさ」

「あ、そうだった。逮捕して取り調べましょう」

「まあ、待て。そろそろここへやってくるはずだ」

と、淳一は言った。「それより、例の射殺された城満の方はどうだった？」

「部屋を隅から隅まで調べたけど、手掛りはなかったた」

と、真弓は言った。「几帳面で、部屋も片付いてたわ。フィアンセの佐々木照美の部屋からも、特に何も。——恋人がそんな犯罪に加担してるなんて、思ってもみなかったようよ」

「学校の教師だろ？」

「クビになって、行く所もないみたい」

「気の毒にな」

「でも、大丈夫よ」

「どうしてだ?」

「私、その中学校の校長にちょっと意見しといたから」

と、真弓は言った。「それより、その男の子――」

「須田トオルというんだ。たまたま手に入れたフェラーリで、この局へやって来たんだが……」

ちょうど、食堂へ入って来たのは――。

「あれがトオルだ。彼女は杏っていうタレントらしい。そして、松田って男だ。ＡＰだが、事実上のプロデューサーだそうだ」

「――いや、トオル君、凄いよ、君のドライブテクニック……」

と、松田は言って、「――さ、そのトレイを取って。並んでるもの、好きなだけ取ってくれ。僕のおごりだ。杏、君もな」

「ありがとう、松田さん」

若いだけのことはあって、トオルと杏はトレイからはみだしそうな勢いで料理やサラダを皿に取った。

テーブルについて食べ始めると、

「この局のプロデューサーが、さっきのトオル君の運転の映像を見て、すっかり感心してね」

と、松田が言った。「どこで身につけたんだい? 誰かに習ったの?」

トオルは肩をすくめて、

「実地で身につけたんですよ」

と言った。

「そうか。凄いね」

杏が咳払いして、

「車が大好きなんですよ。トオル君は」

と言った。

トオルが、

「強盗の逃走用のドライバーだったから」

とでも言い出しそうだったからだ。

「で、さっきプロデューサーとも話したんだけど、タレントの車自慢の番組で、ぜひまたトオル君にハンドルを握ってもらいたいってことなんだ」

杏が仰天した。

「そんな！　無理ですよ！」

「どうして？　トオル君、今何か仕事してるのかい？」

「別に……」

「いや、車の腕を見せることでギャラが出るんだ。悪い話じゃないと思うよ」

と、松田は言った。

トオルと杏は顔を見合せた。

一億円を強奪して、逃げるか、身を隠すか、という状況なのに、TVに出る？

「杏はどうなるんです？」

と、トオルが言った。

「ああ、もちろん、君が承知してくれたら、杏にも出番を作るようにするよ。その都度、乗ってもらう車のそばに立って、ニッコリ笑ってもらうだけでもいいじゃないか。杏は可愛い。話題になるぞ」

松田の言っているのは、どう見ても口から出まかせだったが、トオルは一旦止めていた食事をとる手を、またせっせと動かしながら、

「——いいですよ。やっても」

と言った。

「ありがとう！　じゃ、早速プロデューサーに話しとくよ」

と、松田は席を立って、行ってしまった。

「——トオル、大丈夫なの？」

と、杏は言った。

「金になるんだろ、いくらかでも。そしたら兄貴に迷惑かけなくてもすむかもしれねえしな」

「そうね！」

確かに、問題はむしろ杏の方にある。——TVに顔を出して、あのときの目撃者が気付かないか。

トオルの方は誰にも見られていないのだ。

「——旨いな」

と、トオルはたちまち食べ終えて、「TV局に来てれば、毎日こんな飯が食えるのか」

「タダじゃないわよ。今は松田さんのおごりだけど」

と、杏は言った。

すると、そこへ、

「——ちょっと失礼。警察の者だけど」

と、二人の方へやって来て言ったのは、もちろん真弓だった。

「きみは須田トオル君?」

「そうですけど……」

「車を買ったそうね。現金で。そのお金の出所について訊きたいの。一緒に来てくれる?」

一瞬、間があった。そして、杏が立ち上ると、

「ごめんなさい!」

と、大声で言った。「私がいけないんです! 一千万円、屑入れに捨ててあったのを、私が拾ったんです! 分かってます。すぐ届けなきゃいけなかったってこと。でも、トオルが車を欲しがったの知ってたし、黙ってりゃ分らないかと思って。ごめんなさい! 悪いのは私です! トオルは何も知らないんです! 本当なんです!」

食堂中に聞こえる声で、一気に言った杏は、我に返ったように、

「——ごめんなさい、うるさくて」

と言った。

7　刃の光

「先生、さよなら！」

と、生徒たちの元気な声が飛んでくると、佐々木照美はホッとして、表情が緩み、

「さよなら。気を付けてね」

と、手を振り返す。

学校を出ると、照美は急に体が軽くなったように感じた。

今日も、何とか無事に一日が終った……。

日の暮れるのが早い。——照美は風の冷たさにも背中を押されるように、駅へ向う足取りを速めた。

——意外なことだった。

城満が死んで、一億円強奪事件の犯人の一人だったとされ、それと同時に照美は今の中学校の職を失っていた。

ところが、何日かして、学校から、

「復職して下さい」

と言って来たのである。

これには照美もびっくりした。もちろん、教壇に戻れるのは嬉《うれ》しかったが、どういう事情でそうなったのか……。

やがて、あの一風変った女性刑事、今野真弓が、校長に直接電話して来たらしい、と分った。

それにしても、一体どういう話をしたのか、照美にも見当がつかなかった。

ともかく、照美は教師を続けられ、何より生徒たちが喜んで励ましてくれるのが嬉しい。

——駅が見えて来た。

足取りを速めたときだった。

大きな外車が音もなく照美のそばに停り、ドアが開いて、アッという間に、照美は車の中へ引っ張り込まれていたのだ。

「騒ぐな」

両腕を左右から押えられ、座席に座らされた照美は、向いの座席にゆったりと身を任せている男へと目をやった。

「おとなしくしていれば、この車から生きて出られるよ」

広い車内で、向い合せのリビング風の作り。その白いスーツの男は、いかにも「顔役」という印象の五十がらみの男だった。

その口調はソフトだったが、有無を言わせぬ冷ややかな刃物のような感じだった。

「私に何を……」

つい、照美の声は震えていた。

「一億円だ」

と、その男は言った。「分っているだろう」

「それは……競馬場から盗まれたお金ですね」

「もちろんだ。君の恋人によってね」

「私は何も知りません」

「知らない？　恋人だったというのに？」

「本当です。まさか彼が——」

照美は言葉を飲み込んだ。隣りの男の手にしたナイフの冷たい刃が、頬に触れたからだ。

「やめて……。本当に……知らないんです」

声が細く震えた。

「一度だけ訊く。一億円はどこだ」

と、男は言った。「答えなければ、そのナイフが、君の白い頬に、〈Y・K〉と俺の頭文字を刻むこと

「待って、今、替るわ。——主人がでています」

「恐れ入ります。ではちょっと仕事の話ですので、廊下へ出て話します」

少し間があって、

「——小竹悠一《こたけゆういち》さんだね」

「誰だ、お前は？」

「今、あんたの車に連れ込まれている女性を知っている者だ」

「何だと？」

「その女性に傷一つでもつければ……。分るな。すぐそばにはあんたの家族がいる」

「貴様——」

「落ちつけ。何も、あんたと争うつもりはない」

と、穏やかな声が言った。「その女性を黙って帰せ。それで終りだ」

「ただですむと——」

「大物らしくもないぜ。俺は、ひと言っておきたい

になる」

「お願い……。本当に知らないんです……」

青ざめた照美が訴えるように言った。

「残念だな」

と、白いスーツの男は言ったが、「待て」

ふと眉を寄せた。

男のスーツの内ポケットで、ケータイが鳴ったのである。

「俺の家庭用のケータイだ。——もしもし。何だ、こんな所に」

「もしもし、あなた？」

「ああ。このケータイへはかけるなと——」

「お客様がみえるの、忘れてたでしょ」

「——客だと？」

「もう三十分前からお待ちよ。あなたも承知のはずだって」

「俺はそんな——」

かっただけだ。お互い、闇の世界で仕事をしている身だぞ。明るい昼の世界で働いてる人を脅したり傷つけたりするな。一億円が欲しけりゃ、自分で捜せ。分ったか」

小竹悠一は深々と息をつくと、

「――分った。女は放す。その代り、家族に――」

「言われるまでもないよ。――ああ、奥さん、失礼しました。いえ、もう話はすみましたので」

「まあ、よろしかったんですか?」

「はい。私は失礼します。おいしい紅茶をごちそうさまでした」

「いいえ、とんでもない。孫たちへの相手までして下さって、ありがとうございました」

妻のゆかりが出て、「あなた? もうお客様、お帰りになったわよ」

「分った。――こっちもじきに帰る」

小竹は通話を切ると、「女を放してやれ」

「社長――」

「いいんだ」

照美は腕を振り切るようにして、車から降りて行った。

「どうなってるんです?」

「分らん」

小竹は首を振って、「どこのどいつだ……」

照美は、震える膝が、やっと普通に歩けるようになって、明るい通りへと急いだ。

何だったんだろう? 間一髪のところで救われたが……。

ケータイがバッグの中で鳴っていた。

「――もしもし」

「無事でしたか」

と、男の声がした。

「はい! あなたが助けて下さったんですね?」

「当然のことです。あなたは何も知らないのに」

「でも——どうして私があの車に連れ込まれたことを……」

「耳がいいものでね。ともかく、あまり暗い道を通らないようにして下さい」

「はい！　ありがとうございます」

「では」

切れてしまった。

声も少し加工してあったようだが、誰なのだろう？

でも——あんな怖い男でなくても、一億円がどこにあるか、照美が知っていると疑っている人間は他にもいるのだ。

ああ……。早く忘れてほしいのに！

危い綱渡りだった。

小竹悠一の邸宅を出た淳一は、車を走らせていた。

今どきの犯罪組織のボスらしく、表向き、企業経営者でもある小竹だが、利口な者は自分が人を傷つけるようなことには係らないのに、小竹はそうではない。

人が目の前で自分を見て怯《おび》え、痛い目にあって苦しむのを見たいのだ。

その意味では、ひと昔前のタイプのギャングといえるだろう。

その小竹が、一億円の件に興味を持っているという情報が入って、淳一はどうしたらいいか考えた。

まず狙われるのは佐々木照美だ。

淳一は照美のスーツの裾に、小さなマイクと発信機を取り付けた。そして、小竹の車が照美を待っていることを知ると、小竹の自宅を訪れたのである。

むろん、小竹を怒らせることは分っていた。おとなしく引っ込んでいる小竹ではあるまい。

しかし、照美の身を守るのは、淳一の泥棒としてのプライドだったのだ……。

　ケータイに、真弓からかかって来た。

「やあ、どうした？」

「どうした、じゃないわ。どこをふらついてるの？」

　真弓は不機嫌そうだった。

「ちょっと人と会う用があった。何かあったのか？」

「情報が入って来たの」

「一億円の件か？」

「見付ける方じゃなくて、それを手に入れようってのがね。小竹悠一って知ってる？」

「ああ、名前はな」

「どうやら、一億円を狙ってるらしいのよ。――小竹のことは、他のセクションでもマークしてるの。逆に、小竹を逮捕するチャンスかもしれないわ」

「なるほど、うまくいくといいな」

「あなたも、そういう役に立つ情報を仕入れて来てよ」

「心がけとくよ」

「これから夕食なの。どこかで落ち合う？」

　と、真弓は言った。


「まさか、こんなことになるとはね」

　と、金沢は苦笑した。

「私の方こそびっくりしてます」

　と、杏は言った。

　二人はＴＶを見ていた。

　あの車の番組で、世界の名車と言われるスポーツカーを乗り回しているのは、トオルだった。

　あのお笑いタレントのスーパーカーを自在に操《あやつ》ったことで、すっかり有名になってしまったトオルは、他の車番組にも出演するようになったのである。

「――いやみごとなドライビングテクニックですね！」

　司会者にマイクを向けられ、トオルは、

「これぐらいできなきゃ。車好きとは言えねえよ」

と、得意げに言ってのけた。

ＴＶのスタジオゲストたちが一斉に拍手をする。

「――どうしたもんかな」

金沢は首を振って、「いくらＴＶで知られるようになっても、金を盗んだ罪は消えない」

「分ります」

杏は、買って来たお弁当を、金沢と二人で食べていた。

「一千万円の出どころは、調べているだろう」

と、金沢は言った。「いくら杏が拾ったと言い張ってもな」

確かに、杏が「拾った」と主張して譲らないので、根負けしたのか、杏は帰してもらえた。しかし、

「――届けなかった、っていうのも罪ですよね」

「それを分ってて、お前を帰したってことは、やっぱり一億円の件とつながってると思ってるからだ」

金沢は弁当を食べ終ると、「――ごちそうさま。俺は失礼するよ」

杏のアパートを出る。

「大丈夫？　ここも見張られてるかしら？」

「ちゃんと目につかないように出て行く。大丈夫だ」

と、金沢は言って、「トオルのことで、杏の顔がＴＶに出るようになると、あのときの女だと気が付く奴も出てくるかもしれない」

「大丈夫。売れないことでは、自信があります」

と、杏は言った。

金沢は愉《たの》しげに笑った。

「杏。――お前は本当に欲のない奴だな」

「そんなことないですよ！　今食べたお弁当だって、二つ買うんだから、少し値引きしてくれって粘ったんです。三十五円も安くなったんですよ！」

「お前はいい奴だ。――お前に迷惑かけないように、

何とか考えるよ」

「ありがとう。トオルさんは、もしかしたら、あのままタレントになるかもしれないですね」

「それならそれでいいことだがな。——なまじ、あの一億があるばかりに、却って難しいことになってる。俺もこんな立場になったのは初めてだ」

そのとき、杏の部屋のドアをノックする音がした。

「はい！　——誰だろう？　金沢さん、どこかに——」

「分った」

金沢は、布団の押し込んである押入れに、無理をして小さくなって隠れた。

「どなた？」

杏は玄関のドアを開けた。

すると——何だか時代物という感じのセーラー服を着た女の子が立っている。

もちろん、見たこともない女の子だ。中学生だろうか。

「あの……部屋を間違えたの？」

と、杏は訊いた。

そうとしかみえなかったからだ。しかし、その女の子は、少しおずおずと
「ここに……お父さん、来てない？」

と言った。

「お父さん？」

「金沢裕也《ひろや》っていうんだけど……」

「えっ？」

杏が目を丸くするのと同時に、押入れの戸を押し倒して、金沢が転がるように出て来た。

「お父さん！」

と、女の子がホッとしたように言った。

「ルリ子！　お前……」

金沢が幻でも見ているのかという表情で、その女の子を見つめていた。

8　父と子と

「すまん」

と、金沢は言った。「押入れの戸が……」

金沢が押し倒したとき、戸の枠が外れてしまったのだ。

「いえ、もともとガタが来てて」

と、杏は言った。

――金沢の娘、ルリ子は、杏がコンビニで、また買って来た弁当を、せっせと食べていた。

「今、中学……一年か？」

ルリ子は食べながら、指を二本立てて見せた。

「二年生か。――早いもんだな」

金沢はお茶を飲みながら、「まあ、ともかく食べろ。話はそれからだ」

いわれるまでもなく、ルリ子はお弁当をきれいに食べ終ると、お茶をガブガブ飲み干して、フーッと大きく息を吐いた。

「――ごちそうさま」

「どういたしまして、そう言われると、却《かえ》って恥ずかしいけど」

と、杏は言った。

「ルリ子。――母さんはどうした」

と、金沢が訊いた。

ルリ子はセーラー服のポケットから、折りたたんだ封筒を取り出して、黙って金沢に渡した。

封を切って読む金沢は、やや青ざめていたが――。

「ルリ子。母さんはまだ大丈夫なのか」

「うん。その手紙、三日前のだから」

「それじゃ……入院してるってことだな」

「そうなの。一度だけ会って話したいって言ってる」

「話したいって……。治療しなきゃいけないだろ?」

「でも、分ってるから、お母さん。お父さんにはお金がないから、病気の心配はしなくていいって」

「そんなことを?」

「ただ、自分が死んだ後のことを頼んでおきたいから、会いに来てくれないかって言ってた」

聞いていた杏が唖然とした。

「――金沢さん、私、外に出てようか」

「いや、ここはお前の部屋だ。しかし――母さんの病気は何とか治せないのか? 手紙にゃ詳しいことが書いてないが」

「お医者さんは手術しろって言ってる。でもお母さんが……」

「何を馬鹿なことを言ってるんだ! ルリ子、これから母さんに会いに行く。案内してくれ」

金沢は力をこめて言った。

「でも、金沢さん、夜ですよ、もう」

「夜中でも明け方でも構うもんか! ルリ子、母さんに、また元気になってもらわなくちゃな。そうだろう?」

「うん……」

と、ルリ子は何だかはっきりしない表情で肯いた。

「どうした? 何か気に入らないことがあるのか」

「ううん。でも――お母さんが言ってた。その手紙読んだら、お父さんはきっとそういう風に言うけど、あてにしちゃだめよ、って」

金沢が絶句した。それを見て、杏は笑ってしまった。

「ごめんなさい！　金沢さんの奥さんって、凄く夫のことをよく分ってるのね」

「全く……。まあ、確かにこれまで俺はあいつに苦労ばかりかけて来た」

　と、金沢は渋い顔をして、「しかし、今度ばかりは……。ルリ子、父さんをあてにしていいぞ！」

「本当？」

　ルリ子は、やっと安心したような笑顔になって、

「じゃ、病院に案内するよ！」

「よし、行こう！」

「ちょっと！　ちょっと待って！」

　と、杏があわてて言った。「ここから出るのを見られると……」

「あ、そうか」

「いや……親子三人で出かけましょうか」

　と、杏は言った。


「一千万円拾った、だなんて……」

　と、真弓は面白くなさそうに言った。

「まあ、世の中、たまには信じられないようなことも起るものさ」

　と、淳一は言った。「――なかなかいいワインだな、これは」

　捜査一課の刑事の給料では、ちょっと支払えなさそうなフランス料理店だが、もちろん夫の「臨時収入」が多くを占めているのである。

「しかし、あの久保田杏って子、なかなか素直そうな、いい子じゃないか」

　という淳一を、真弓はじろりとにらんで、

「あの子に気があるの？　射殺するわよ」

「おい、よせよ。ただ、あの子がトオルって男をかばったのは確かだろう。しかし、今そこをつついても、一億円につながらないかもしれないぞ。それより心配なのは、その金をめぐって、誰かが死ぬかも

しれないってことだ」

「それって、例の——小竹って男のこと?」

「小竹だけとは限らない。一億円のためなら。人一人の命ぐらい奪ってもふしぎではない」

「小竹の動向は探らせてるわ」

「目を離さないことだ。見張られてると分れば、小竹もそう乱暴なことはできないだろう」

真弓のケータイが鳴った。

「道田君だわ。——もしもし? ——一千万円の女の子? ああ『何とか杏』ね」

真弓は眉をひそめて、「——親子三人で出かけた? あの子って一人じゃなかった?」

真弓は淳一にも聞かせて、

「『お父さん』って呼んでた? ——妹らしい子と。——その男、誰かしら」

淳一はナイフとフォークを置くと、

「その三人連れを尾行させせろ。こっちも行ってみよう」

「そうね。道田君、その親子を尾行して。いいわね」

真弓はステーキの最後のひと口を口へ入れると、

「デザートは残念だけど、出かけましょうか」

と立ち上った。


「真弓さん! ここです」

道田刑事が、病院の夜間受付の前で待っていた。

「——久保田杏はここに?」

と、真弓は言った。

「ええ。どう見ても、父親と娘二人って様子でした」

「母親がいないか」

と、淳一が言った。「この病院にいるのかもしれないな」

「訊いてみましょ」

真弓は夜勤の看護師に声をかけて、今入って行った三人のことを訊いた。

「ああ、金沢さんですね」

「金沢っていうんですか」

「患者さんは金沢梓《あずさ》さんです。付き添ってたのは娘さんで、中学生ですかね。――ええ、さっきみえたのがご主人じゃないでしょうか。『お父さん』って呼んでましたから」

「金沢梓さんはどんな具合なんですか？」

と、淳一が訊いた。

「手術しないと。でもご本人が拒んでるんです」

「どうして？」

「たぶん……お金の問題じゃないですか。先生にはそんな風に……」

「どうもありがとう」

――病室を訊くと、淳一たちは、夜の病院の中を辿《たど》って行った。


エレベーターのボタンを押して少し待っていると、扉が開いた。

乗っていた女性が、降りて来て、淳一たちが入れ違いに乗る。

「――あら」

降りた女性が、エレベーターの方を振り返って、

「この間の……」

「これはどうも」

と、淳一は会釈した。「先日はお邪魔しました」

「いいえ、こちらこそ失礼を」

それは、何と小竹の妻だったのだ。

誰かを見舞に来ているのか？

しかし、それ以上話をする間もなく、エレベーターの扉は閉った。

「あなた、今の人と知り合い？」

エレベーターが上り始め、真弓は訊いた。

「ちょっと知ってるだけだ。しかし――たぶん誰か

知り合いか家族が入院してるんだろうな……」

知っておく必要がある、と淳一は思った。

気のせいか、妻の呼吸は、どこか苦しげに聞こえた。

「ルリ子」

と、金沢は言った。「母さんの呼吸、いつもこんな風なのか？」

「うん……。ずっと具合良くなかったんだよ。でも、お母さん、そういうこと言わないんだから……」

「確かにな……」

中学二年生の娘にそう言われると、金沢も、自分を責めるしかない。

病院のベッドで眠っていた金沢梓は、人の気配と話し声に気付いてか、目を覚ました。

「ルリ子……」

と、弱々しく娘に微笑みかけると、「どなたかと一緒？」

「お母さん……。お父さんのこと、忘れたの？」

ルリ子の言葉に、梓はちょっと頭を振って、

「──ああ」

と言った。「あなただったの。──よく見えなかったのよ。忘れちゃいないわ」

「良かった」

金沢は、妻の手を取って、「もっとも、忘れられても文句は言えないかな」

「仕方ないわよ。あなたと結婚したんだもの。──ね、ルリ子に手紙を……」

「読んだ。手術すりゃ元気になるんだろ。どうしていやがるんだ」

と、金沢は不満げに言った。

「だって……手術となれば、お金もかかるし、入院も長引くわよ」

「お前を見捨てるもんか。そんなに冷たい亭主だと

思ってるのか?」

「あなた……」

と、梓が眉をひそめて、「他の方が……」

病室は六人部屋で、他のベッドも埋っていた。もう夜で、静かである。

金沢たちの話に耳を澄ましている患者がいるだろう。金沢はあわてて声を小さくして、

「心配するな。ちゃんと治療してもらうんだ」

と言った。

「でも……そんなお金、どうするの? 泥棒でもする?」

金沢がドキッとしたことには、幸い梓は気付かなかったようだ。

「ちゃんと仕事をしてるんだ。本当だ」

「どんな仕事?」

金沢はちょっと咳払いすると、

「今、俺はタレントのマネージャーをやってるんだ」

と言った。

「どういうこと?」

とっさの思い付きだった。妻から当然訊かれると分っていたのだから、もっと何か考えておけば良かったのだが、病状が気にかかって、そこまで頭が回らなかったのである。

そして、今、ここの廊下で待っていてくれる杏のことが頭に浮んだのだ。

「久保田杏っていう女の子で——」

と、金沢が言いかけると、ルリ子が、

「ああ!」

と、声を上げた。「それで見たことあるんだと思ったんだ」

思いがけないルリ子の言葉に、金沢は肯いて、

「そうだろ? 今、TVでよく出てる子なんだ」

と言った。

「お父さん、そんなこと言わなかったじゃない」

「いや……。何だか照れくさかったんだ、お前に言うのが」

「まあ、本当なの？」

と、梓がちょっと目を見開いた。「あなたがマネージャー？」

「信じないのか」

「だって……。こんなに気の利かないマネージャーっているかしら」

話に耳を傾けていた他のベッドの患者から笑いが聞こえた。

「お母さん、今その人、一緒に来てるんだ。連れて来るよ」

「おい、待て。——当人はそんなこと……」

と言いかけて、「分った。俺が呼んで来る。待ってろ」

病室を出ると、金沢は、廊下の奥の休憩所のようなスペースで座っている杏の所へ小走りに駆け寄ると、

「杏、すまんが、力を貸してくれ」

と言った。

「え？　どうしたんですか？　奥さんの具合が——」

「いや、大丈夫なんだが……」

金沢が早口に事情を説明すると、

「金沢さんがマネージャー？」

と、杏は笑ってしまった。「大体、私、マネージャーなんて付くほどのスターじゃないわ」

「そこは、女房が納得してくれればいいんだ。すまんが、頼む」

「もちろん！　お芝居でも、売れっ子タレントがやれるって、楽しい」

「じゃ、ちょっと顔を見せてやってくれるか」

「うん。行きましょ」

杏も、演技力には自信がなかったが、何といっても、病人に、それらしく見せればいいだけだ。

「——来てもらったぞ」

と、金沢は梓のベッドのそばへ戻って来ると、

「久保田杏ちゃんだ」

「——どうも」

と、杏は微笑んで、梓の方へ寄ると、「具合、いかがですか?」

と訊いた。

「金沢さん、凄く心配してますよ」

「まあ……。可愛い方」

と、梓はびっくりしたように、「スターになるような人は違うわね」

「私、まだとてもスターなんて言えないですけど、金沢さんがとても頑張ってくれてるので」

「本当に役に立ってるんですか、この人が?」

「ええ、もちろん! どんな細かいことでも忘れずにやってくれますし」

「まあ……信じられないわ」

梓はそっと手を差し出すと、「手を取っていただいていいかしら」

と言った。

「ええ、もちろん」

杏は梓の手に自分の手を預けた。

「——柔らかい、すべすべした手だこと」

と、梓が言った。「私も、昔はこんな手をしていたんだけど……」

「奥さん」

と、杏が言った。「私の手を握って下さい」

「え?」

「力一杯。力を入れるだけ入れて」

梓が息を吸い込むと、精一杯力をこめて、杏の手を握った。

「——凄い!」

と、杏が言った。「こんなに力が入るんですもの。奥さんは大丈夫。元気になりますよ！」

「まあ……。ありがとう」

梓の目に涙が浮かんでいた。「――杏さん、でしたっけ。主人をよろしく」

「はい。ご主人と一緒に頑張ります」

と、杏は肯いて、「お疲れになっちゃいけないから、私はこれで」

「ええ……」

「また来ます。――それじゃ」

杏は廊下に出た。

金沢が少し遅れて出て来ると、

「ありがとう、杏」

と言った。「あいつの目が活き活きして来たよ」

「金沢さん、奥さんのためにあのお金を？」

金沢は目を伏せて、

「いや……。病気だとは聞いていたが、そんなに悪いとは知らなかった。だが、あいつやルリ子に少しでも楽させたかったのは確かだ」

「ともかく、奥さんを治してあげて」

「ああ。やれるだけのことは、何でもやる」

「マネージャーも？」

杏の言葉に、金沢は笑って、

「女房の言う通り、俺は気の利かないことにかけちゃ自信がある」

「でも、やればできるかも」

杏はケータイを手にして、「――あ、松田さんからメールだ」

メールを読んで、杏は目をパチクリさせると、

「びっくり！」

「どうした？　トオルの奴がどうかしたのか？」

「違うの。私に、ＣＭに出てくれって話が来たんですって。ＴＶ局に行かなきゃ」

杏は、少し考えてから金沢を見て、「一緒に行っ

てくれる?　マネージャーさん」

と言った。

「どうだった?」

と、真弓が訊いた。

「うん……」

淳一はちょっと考え込んでいたが、「どうも状況は複雑だ」

「何よ、それ?」

「ゆっくり落ちついて話そう」

この病院まで、久保田杏たちを尾《つ》けて来たものの、どういう事情なのか分らず、淳一がともかく一人で病室の様子を探ることにした。

そして、真弓と道田は、休憩所で待っている杏のことを見張っていたのだが……。

「行っちゃったわよ、あの二人」

「ああ。心配ない。行先は分ってる」

と、淳一は言った。「女の子は母親のそばについてる。——な、どうだ。犯人を捕まえるのも大切だが、一つの家族を幸せにするのも、刑事の役目の内じゃないか?」

「そう?」

真弓は首をかしげた。「まあ、広い意味で言えば、福祉も警察の仕事の内かしらね……」

9　昇格

「よし！　ＯＫだ！」

その声を聞いて、杏はその場にしゃがみ込んでしまった。

「おい、大丈夫か？」

と、そばへやって来たのは、松田である。

「ええ……。大丈夫です。大丈夫ですけど、私、お腹が空いて、動けない……」

と、杏は喘ぎながら言った。

「そうか。朝から食べてないいんだっけ？　そりゃお腹空くよな」

考えなくたって分りそうなものだ。何しろもう夜の九時を回っているのである。


「急いで行けば、食堂で何か食べられるぞ」

と、松田が言った。「でも、その汗じゃ——」

「汗なんかいいです！」

と、杏は即座に言った。「ともかく、何か食べさせて！」

「よし分った。じゃ、その格好で食堂へ行こう」

と、促した。

杏が飛び上って、ＴＶ局の廊下をエレベーターへと駆けて行き、松田が、

「おい！　ちょっと待てよ」

と、あわてて後を追った。

——思ってもみないことだったのだ。

「CMに出ろ」

と言われた杏は、たぶん商品を持ってカメラに向ってニッコリ笑って見せるとか、青汁を飲んで、「おいしい!」と、びっくりして見せるとか……。

そんな仕事だと思っていた。

ところが、朝、局へ来てみると、アッという間に、メイクされ、とんでもなくモダンな衣裳を着せられ、スタジオで、

「そこで飛びはねて!」

とか、

「天井から吊るすぞ!」

といった、大がかりな撮影へと放り込まれた。

そして、それは丸一日もかかって、やっと「OK!」が出たのである。

局の食堂へ駆け込むと、杏は、

「カレーかラーメン! 早い方!」

と叫んだ。

で――結局、両方食べてしまった。

「ああ! 死ぬかと思った」

と、杏はひと息ついた。「松田さん、あれ何のCMなんですか?」

「言わなかったか? 菓子メーカーの〈B〉のクッキーだよ。知ってるだろ?」

「え……。それって、私、大好き。でも、そのCMにどうして私?」

「任されてたCMディレクターが、お前が車の番組に出てるのを見たんだ。『この子を連れて来い!』ってことになった。大したもんだぞ」

「はあ……。じゃ、後は――」

「今日撮った映像を使って、TVCMができる、ちゃんとしたスポンサーだからな」

「信じられない。――ギャラ、出るんですよね?」

「もちろんだ」

と、松田は言った。「そういえば、お前の入って

た事務所、潰《つぶ》れたんだったな」

もともと小さな事務所に所属していたので、杏はなかなか仕事が回って来なかったのだった。

そして、社長がある日、突然姿を消してしまって、事務所も消滅。

「今はどこにも入ってないのか」

「そういうことです」

「それじゃ困るだろう。——このCMを機会に、どこかに入るといい。俺が探してやるよ」

「ありがとう」

「いや、俺の方こそ、お前に礼を言わないと」

「どうして?」

と、杏がキョトンとしていると、

「例の、トオル君を発見したというので、今度APからプロデューサーに格上げになった」

「へえ! おめでとうございます」

「トオル君を連れて来たのは杏だしな。今日のCMが話題になれば、お前もスターの仲間入りだ」

「そううまく行きます?」

と杏は笑ったが、「——いけない! 忘れてた!」

「どうしたんだ?」

杏は答えずあわててケータイを取り出した。

「——もしもし、金沢さん? ごめん! 今までCMの撮影が終らなくて、今、どこにいるの?」

杏は目を丸くして、「——じゃ、ずっと待っててくれたの? ごめんなさい! ——あのね、今食堂にいる。食べに来る? あと五分で閉まるけど。——もしもし?」

切れてしまったケータイを、杏が首をかしげて見ていると、猛然と食堂へ駆け込んで来たのは、金沢だった。

「金沢さん! 早いわね」

「まあな」

と、金沢は息を弾ませて、「カレーの匂いがするな」

辛うじて、カレーライスには間に合って、金沢はアッという間に平らげてしまった。

「あの……松田さん、この人、金沢さんっていって、私のマネージャー」

「マネージャー？　事務所もないのに、マネージャーがいるのか？」

と、松田が呆《あき》れる。

「私、この人を信用してるの。とても優秀なマネージャーなのよ。私と金沢さん、セットでどこか事務所を見付けて」

「そうか。――まあ、大丈夫だろう」

ケータイが鳴って、松田は食堂を出て行った。

「――どうだったんだ？」

と、金沢は訊いた。

「うん。――この衣裳見たら分るでしょ？」

「ああ。何だか面白い格好してるなとは思ったけど、腹がへって、それどころじゃなかった」

と、金沢は苦笑した。「じゃ、それでＣＭも撮ったのか？」

「そうなの！　空中にワイヤーで吊るされたりして、大変だったのよ！　もう死ぬかと思った」

「しかし――」

「ね、本格的なＣＭなの。ちゃんとギャラも出るわ」

杏は、今聞いた松田の話を伝えて、

「ねえ、金沢さん。本当に私のマネージャーになってくれない？」

「俺がか？　自信はないな。それに……」

「分ってる。そんなことしなくたって、今の金沢さんには、奥さんに手術をさせるだけのお金はある。でも、マネージャーって仕事をしていれば、お金を出しても疑われることがないでしょ？　奥さんだって、ルリ子ちゃんだって、金沢さんがちゃんと働いてる姿を見れば安心すると思う」

「まあ……確かにな」

金沢は水を飲むと、「――これも成り行きってもと言った。

のか」

「そうよ。もともとが、私、成り行きであんなことになったんだもの。成り行きって、『運命』とも言うんじゃない?」

金沢はまじまじと杏を眺めて、

「お前、ときどきまじめな哲学者みたいなことを言い出すんだな」


「そう? 私、流れに逆らわないだけよ。トオルだってそうでしょ? 今は車番組のスターよ。こんなこと、誰も考えなかった」

「全くだ」

金沢は肯いて、「女房も、俺が働いて稼いだ金で治療してほしいと思うだろうしな」

「そう! そうよ!」

金沢は、杏の活き活きした表情を見て、愉快な気持になったが……。

同時に、なぜ満を殺すことになってしまったのか、悔んでも悔み切れなかった。もちろん、ああしなければ、杏が死んでいた。

しかし、満を殺したことは、いつまでも金沢を苦しめるだろう……。

「――おい、杏」

松田が戻って来た。

「どうしたの?」

「暮れの特番で、トオル君に車を走らせてほしいってことだ。お前も一緒に出てくれって」

「凄い。特番? 私、何するの?」

「それはこれからだがな」

「じゃあ……」

と、杏は金沢の方へ目をやって、「マネージャーを通してくれる?」

「あなた」

と、小竹ゆかりは言った。「昨日ね、病院で——」

ゆかりは言おうとしたのだ。——病院で、この間みえた「お客様」に会ったのよ、と。

しかし、そこまで言わない内に、小竹悠一は、

「また病院に行ったのか!」

と、怒ったように妻の話を遮《さえぎ》ってしまったのだ。

ゆかりも、話を変えて、

「だって、行くわよ。自分の子供が入院してるっていうのに、母親が見舞に行っちゃいけないの?」

広い居間で寛《くつろ》いでいた小竹は、仕事のことで苛立っていた。

「行きたきゃ行け。だが、いちいち俺に報告するな」

「あなた……。達雄《たつお》のことが心配じゃないの?」

「心配してるとも、だから、あんな高い特別室に入れてるんじゃないか」

「そんなこと……。高い病室に入れてれば、あの子が幸せになるとでも?」

「ともかく、俺は忙しい。そう病院へ行ってはいられん」

もちろん、小竹も、一人息子のことを心配はしている。しかし、組織を束ねるボスとして、「心を病んだ」息子がいるというのは、知られたくないことだった……。

小竹は昼食の後、コーヒーを飲みながら、

「——達雄は元気なのか」

と、ぶっきらぼうに言った。

ゆかりは呆れて、

「元気じゃないから入院してるんでしょ」

と言った。

「分ってる! だが——どこかが悪くなってるわけ

じゃないんだろう」

「あの子の病気は――」

「心の問題。何度も聞いた」

今、二十一歳になる小竹達雄は、小さいころから神経質で、中学、高校でもしばしば不登校になった。

「男は力だ」

と、いつも言い続けた小竹には、息子の「弱さ」が許せなかった。

大学をほとんど休んでいた達雄を、自分のオフィスに通わせたのだ。――組の仕事に慣れさせるためだった。

しかし、違法な取引や暴力沙汰をくり返している父親の仕事は、デリケートな達雄の心を壊してしまった……。

小竹は、自分の部下たちや、ライバルのボス連中が、

「小竹の後を継ぐ奴はいない」

と言っていることを承知していた。

「――ね、どう思う？」

と、ゆかりが言ったが――。

「何だ？ 何か言ったか？」

「聞いてなかったの？」

「考えごとをしてたんだ。忙しいんだ、俺の仕事は」

「分ってるわよ」

と、ゆかりは諦《あきら》めてため息をついた。

「それで――何の話だったんだ？」

「先生がね、達雄を病院にずっと入れておいても、良くならないっておっしゃるのよ」

「ふん、ヤブ医者め」

「あなた！ ――達雄を、どこか静かな山の中にでも、しばらく移した方がいいとおっしゃるの」

「移す？」

「どこか、湖畔のホテルのような所で、ゆっくり暮

したら、あの子の神経も休まって、いい結果があるかもって……」

「医者が面倒くさくなって、放り出そうってことだ」

「そんなこと……。よくやって下さってるわ」

と、ゆかりは諭したが、

「分った分った」

と、小竹は手を振って、「どこかホテルでも買い取って、達雄を一人で置いとくか」

「そんな無茶なこと言って。私に任せてくれれば、いいホテルを捜すわ」

「ああ、好きにしろ」

と、小竹は言って、「お前に任せる」

「はいはい。それじゃ、担当して下さっている先生にご相談してみるわ」

「ああ、分った」

小竹は、そう言ってから、心の中で、

「一億円か……」

と呟いた。

むろん、小竹にとって、一億円はそう大金というわけではない。しかし、問題は組織の中で、元から小竹のポストを狙っている連中には、一億円はいい口実になる。

それに、今は商売がやりにくい時代である。現金があれば、子分たちを抑えることもできる。

達雄……。

お前が、逞《たくま》しくて、俺の跡継ぎになってくれていたら……。

「――早速、いいホテルを捜してみるわ」

と、ゆかりは言って、居間を出て行った。

俺が、こんなセリフを口にすることがあろうとは……。

「久保田杏のマネージャーをしております、金沢と申します。どうぞよろしくお願いいたします」

名刺を差し出すにも、タイミングというものがあって、初めの内、渡しそこなって名刺を落とすことも。しかし、それもじきに慣れた。

何しろ、新任のマネージャーである。TV局やスタジオで、出来たての名刺をやたらに配って歩いていた。

渡された相手が、面倒くさそうな顔をしないで、スンナリともらってくれる間合と渡し方があるのだということが分った。

そういう発見をするのが、意外に楽しかったのだ。

――自分にそんな所がある、というのは、金沢にとって驚きだった。

「――大変でしょ、金沢さん」

TV局の食堂でランチを一緒にとりながら、杏が言った。「あちこちで頭下げて回って」

金沢は焼魚定食を食べながら、

「いや、そんなことないよ。確かに慣れなくて戸惑うこともあるけどね。それと、人の顔を憶えるのが、こんなに大変なことだって初めて知ったよ」

「でも、金沢さんが楽しそうに仕事してるんで、嬉《うれ》しいわ」

「ああ、こんなに仕事ってのが面白いもんだとは思わなかった」

金沢は上機嫌で、「それに、家内の手術日が決ったんだ」

「あら。じゃ、その日は休んでね」

「一週間後だ。やっぱりそばに付いててやりたい」

「当り前よ。でも、良かった! ルリ子ちゃんも喜んでるでしょ」

「うん。それにね、この間、あの病院きっての外科の名医と言われてる先生が担当してくれることになった」

「じゃあ、安心だ」

「話を聞いたけど、『まず心配いりませんよ』と言ってくれた」

金沢が明るい表情なのも当然だろう。

そこへ、

「腹へった！」

と、やって来たのはトオルである。

「何か食べる？　取って来てあげようか？」

「いや、自分で行くよ」

欠伸《あくび》しながら、トオルはトレーを取って、カウンターへ向った。

「年末の特番って、内容は決ったのかい？」

と、金沢は訊いた。

「まだ聞いてない。結構各局、ぎりぎりまで秘密にしてるのよね」

「よし、この間〈Mテレビ〉の編成局長の秘書の女性と仲良くなったんだ。訊き出してやろう。杏の出番が作れないか」

「金沢さん、本当にTV界の人になっちゃったわね」

と、杏は笑った。

「食うぞ！」

トオルが山盛りにしたご飯を前に、張り切っている。

「レギュラーの話、どうなったの？」

と、杏が訊くと、

「うん。一つは決った。それと、カーアクションの映画で、主役のカーアクションの吹き替えをやってほしいと頼まれている」

「カーアクション？　事故起したら大変よ」

「大丈夫。車が横転したりするのは、カースタントの専門家がやるよ。あんなこと、素人にゃできない」

トオルは猛然と食べながら、「――だけど、こんなことなんてなあ……」

「何か不満か」

と、金沢が訊いた。

「だって、せっかく買ったフェラーリ、ちっとも走らせる暇がないんだもの」

それを聞いて、金沢も杏も笑ってしまった。

「——まあ、その分、番組で世界の名車に沢山乗れてるけどな」

トオルも楽しそうだ。

こんなことなら——。金沢はふと思った。

一億円を盗まなくても良かったのに。

いや、しかし、あれをやったから、杏とも出会ったのだし……。

それでも、背負った罪は消えない。一億円と、満を殺してしまったこと……。

ケータイが鳴って、金沢は我に返った。

「プロデューサーからだ」

金沢は席を立って、食堂から急いで出て行った。


「結構、さまになってるじゃないか」

トオルが愉快そうに言った。

「ね？　とっても人当りがいいのよ。びっくりしちゃう」

「人間、やってみなきゃ分らないことがあるんだな。俺だって、車の運転以外、得意なことなんかなかったのに、今はＴＶカメラを向けられると、何だか愛想笑いなんかしちゃうんだ。自分がときどき怖くなるよ」

トオルがちょっとしみじみと言った。

「——あ、戻って来た」

と、杏は、金沢が何だかいやにせかせかとやって来るのを見て、「どうしたの？　仕事のキャンセル？」

「いや、そうじゃない」

金沢が席にかけて、お茶をガブ飲みすると、「朝、廊下ですれ違ったプロデューサー、憶えてるか？」

「ああ、頭のきれいに禿げた人ね」

と、思い出し笑いしながら、「ドラマの人でしょ?」

「ああ。杏に、ドラマに出てくれって」

「ドラマ?　でも私……頭悪いもん。セリフ、憶えられない。――セリフとかない役?」

「そうじゃないらしい。急に出られなくなった子の代役だって」

「へえ……。で、引き受けた方がいい?」

「うん」

「金沢さんがそう思うなら……。スケジュール、大丈夫?」

「今日の午後からだって」

杏が目を丸くした。

10　孤独

「検温ですよ」

ちゃんと目覚しでもかけたみたいに、決った時間に看護師が体温を測りにやってくる。

「また？　いつも同じじゃないか」

と、うんざりして見せるのも、「いつもと同じ」だった。

「退屈でも、決ったことは守らないとね」

看護師の顔も、もう憶えた。この時間、やってくるのは二人しかいない。

「昨日、休みだったろ」

と、体温計を脇の下に挟んで、小竹達雄は言った。

「ええ。子供の運動会があって、朝早く起きたんですよ」

と、三十代半ばと見える看護師は言った。

「お弁当作って。子供は楽しみにしてますからね」

「そうか。——僕は、運動会に親が来たことなんかないよ」

「お忙しいんでしょ。——はい、体温計」

看護師は体温を見て書き込むと、「お母様が、昨日先生と話してらっしゃいましたよ」

「うん、分ってる。僕をこの病院から追い出したいんだ」

「まあ、どうして？」

「親父が『反社会勢力』だからさ。厄介ごとに係りたくないんだよ」

「そんなこと……。誰のお子さんでも、入院が必要なら、ちゃんと入院してもらいますわ」

「もう『お子さん』って年齢でもないけどね。二十一だよ」

「お母様がどこか静養できるホテルをお探しとか……」

「知ってる。でも、僕はいやなんだ。ここにいたい」

ホテルじゃないのだ。――小竹達雄にも分っていた。

しかし、高価な「特別室」の入院患者は病院にとって、貴重な「収入源」だろう。

「じゃ、また後で」

「うん。ご苦労さま」

達雄にとって、「殺し」だの「麻薬取引」だのと切り離されたこの世界は、穏やかで静かで、居心地が良かったのだ。

――心の病い。

父、小竹悠一が、

「そんなもの、病気じゃねえ！」

と怒っていることも分っている。

父から見れば、達雄は「情ない臆病者」なのだ。

それでもいい。父の後を継いで、ボスになるなんて、とても無理だ。

もちろん、そういう父のお金で、ここに入院していられるのも事実である。

「――午後のお茶にしようか」

いつもの通り、達雄はベッドを出ると、ガウンをはおり、病室を出た。

病棟の最上階に、レストランが入っている。お昼どきを外すと空いていて、のんびりしていられるのだ。

レストランの入口で、棚に置かれた雑誌を二、三手に取ると、達雄はいつもの中庭を見下ろす席へと向った。

そこは、達雄のお気に入りの席で、病院の中庭を散歩する患者たちを眺めることができる。何となく重苦しい病院の中で、平和な光景が見られる、貴重な場所なのだった。

しかし——そこに今日は女の子が一人、座っていた。

中学生くらいだろうか。セーラー服で、せっせとケーキを食べている。

達雄は、たいていどんなことでも、自分のやりたいことがやれる、という生き方をして来た。——もっとも、父との間に関しては別だが。

しかし、といってその女の子に、

「そこは僕の席だ。どけ！」

などと言うには、気が弱い。

達雄は、そのテーブルのそばで足を止めてちょっと咳払いした。

女の子が気付いて顔を上げる。——達雄は何だか知らないが、その子と目が合うと、ドキッとした。

「何かご用ですか？」

と、女の子が訊く。

「いや……。あの、この席に、いつも座ってるものでね、僕は」

「ああ……。それじゃ移りますね」

と、ケーキ皿を手に腰を浮かせる。

「いや、いいんだ！　もし良かったら、一緒に座っててもいいかな？　邪魔《じゃま》はしないよ」

と、達雄は急いで言った。

「いいですよ、もちろん」

「じゃあ……。僕も同じケーキとコーヒー」

と、ウェイトレスに注文して、「そのケーキ、おいしいよね。ボクもよく頼むんだ」

と言った。

「ええ」

と、女の子は微笑んで、「私、初めて食べたけど、おいしい」

「そうだろ？　見た目はちょっとパッとしないけどね。――僕みたいだ」

どうしてそんなことを言ったのか。ともかく女の子はそれを聞いて笑った。達雄も一緒に笑った。

「――入院してるんですか？」

と、女の子が訊いた。

「うん。もう何か月もね」

「へえ！　大変ですね！」

と、目を見開く。

「いや、大したことないんだ。君は……お見舞？」

「お母さんが入院してて。学校の帰りに寄るんです」

「そうか。それでセーラー服なんだね」

「野暮《やぼ》ったくって、いやなの。洒落《しゃれ》たブレザーとかにしてほしい」

と、ちょっと顔をしかめて、「私、金沢ルリ子です。中学二年生」

「小竹達雄っていうんだ。大学落第生」

ルリ子が笑った。

「――お母さんは入院、長いの？」

「いえ。もうすぐ手術するんです」

「そうか。でも手術すれば治るんだろ？」

「たぶん……」

「きっと大丈夫さ。医学は進んでるからね」

言いながら、何だか無責任なことを言ってるな、と思った。

達雄のケーキが来て、食べ始めると、

「私と反対の方から食べてる」

と、ルリ子が言った。

「このケーキはこっちから食べるんだ。決ってるんだぞ」

「嘘。どっちだって……」

――お昼どきを外したレストランは空いていたが、達雄たちから三つテーブルを離れて、背を向けて座っていたのは、淳一だった。

小竹の息子が入院していると知って、様子を見に来た。しかし、あの粗暴なことで知られる小竹の息子とも思えない、おとなしい若者だ。

あの小竹の妻が見舞に来ているのも分る。淳一は、小竹ゆかりが今日は別の用で出かけていることを調べてあった。

小竹悠一が、息子が後を継げそうもない、というので苛立っているという噂も耳にしていた。

ああいう乱暴な男は、苛々するとろくなことをしないものだ……。

淳一はコーヒーだけ飲んでいたが――。

レストランに入って来た男がいる。

普通ではない。淳一はコーヒーカップを置いた。

コートをはおっているが、コートの下に手を入れている。そして真直ぐに達雄のテーブルの方へと大股に近付いて行った。

「おい」

と、男は言った。「小竹さんだね」

「あんたは？」

達雄は、男がコートの下から散弾銃を取り出すのを見て、息を呑んだ。

「死んでもらうぜ」

男が銃口を向ける。

達雄にはどうすることもできなかった。

とっさに相手の銃を奪い取る――なんて反射神経は持ち合せていないのである。

向いの席のルリ子は、目の前の光景が現実なのかどうか、考えていた。こんな所に「殺し屋」が突然現われるなんて、たとえTVドラマだって、あまりに唐突過ぎる展開だ！

そのとき――動いたのは淳一だった。

コーヒーカップを手で弾《はじ》き飛ばすと、カップの受け皿をつかんで、散弾銃の男へと投げつけたのだ。

皿は男の首を横から直撃した。

男は痛みに呻《うめ》き声を上げてよろけると、引金を引いていた。正面のガラス窓にボカッと三十センチほどの直径の穴があいた。

「畜生！」

男はよろけながら駆け出して、レストランから飛び出して行った。

「――びっくりした！」

と、口を開いたのはルリ子だった。

「君――大丈夫か？」

やっと、達雄が言った。

「うん、何ともない！」

「いや……ごめんよ。びっくりさせて」

「謝らなくったって……。あなたのせいじゃないでしょ」

「僕のせいだよ。僕を殺しに来たんだ」

「何か殺されるようなこと、したの？」

しかし、呑気に話している場合ではなかった。通報を受けて、病院の警備担当者が駆けつけて来る。

そして当然、一一〇番にも知らせが行って、レストランには色々な人がやって来た。

「――でも、助けてくれた人は？」

と、ルリ子が言った。

「そうだった！　あの人がいなかったら、僕は殺されてた」

と、達雄は初めて気付いたが、しかし、もちろん淳一は姿を消していたのである。

「病院内で発砲？」

真弓は眉をひそめて、「どういうことよ！」

「今、調べていますが……」

道田刑事が恐る恐る言った。「散弾銃を発射したのは、職業的な殺し屋かと思われますが、人相など、とっさのことで、よく分らないので」

「じゃ、誰が狙われたの？」

「狙われたのは、小竹達雄さんという人のようです」

「小竹？　どこかで聞いた名ね」

ティールームで「アフタヌーンティー」を楽しんでいた真弓は、ちょっと首をかしげた。

「おい、それはお前の言ってた小竹悠一の息子だろう」

と、淳一が言った。

「あ、そうか。一億円を狙ってるって男ね」

と、真弓は思い出して、「息子があの病院にいるの？」

「俺の情報網の方が優秀らしいな」

「道田君！　それぐらいのこと、調べておきなさい！」

「すみません！」

「おい、道田君を叱るなよ。俺もたまたま知ったんだから」

と、淳一は急いで言った。

「小竹の息子が狙われたのね？　きっと息子も性格の悪い極道なんでしょ」

「先入観を持つのはよくないぜ」

「そこに居合わせた女の子も無事でした」

と、道田が報告した。

「女の子？　小竹達雄って、ガールフレンドを病院に連れ込んでるの？」

「いえ、たまたまです。金沢ルリ子って、中学生で」

「金沢？　──あの久保田杏って子が見舞ってたのが、金沢って女の人じゃなかった？」

「さすがによく憶えてるな」

「当り前よ。人の顔と名前を一度で憶える。刑事の持つべき能力だわ」

「真弓さんは捜査の天才ですから」

と、道田は心から言っていた。

「で、誰かに助けられたって言ってるのね?」

「そうなんです。小竹達雄は、誰かが皿を投げつけて——」

「皿を?」

「ええ、凄いですね。とっさにそんなことができるなんて。しかも銃を持った男の首に当ったそうです」

「へえ」

と、真弓は肯いて、「きっと、よほど年中夫婦喧嘩してる人なのね」

「それはどうかな」

「で、その皿投げ名人は?」

「いつの間にか姿を消してたそうです」

「煙のように? ——変ってるわね。きっとトイレに行きたかったのよ」

と、真弓は「推理」した。

「あの——それで、どうしますか?」

と、道田が言った。「病院へ行って話を聞くか……」

「もちろんよ!」

と、真弓は、アフタヌーンティーのスコーンを食べながら、「これ食べ終えたらね」

「では車の方でお待ちしております!」

と、道田が駆け出して行く。

「おい、いいのか、のんびり食べてて」

と、淳一が言うと、

「だって、あなたから話を聞けば、本当は病院に行かなくたっていいようなもんでしょ」

と、真弓は紅茶を飲んで、「その場にいたんだから」

「よく分ったな」

「夫婦ですもの。そんなキザな真似のできる人間なんて、この世の中にも二人とはいないわよ」

「いい勘だ」

「でも、どうして小竹の息子を見張ってたの？」

「ちょっと興味があったんだ。それに、あんな男の息子にしては、気の優しい若者だぜ」

「へえ」

「父親の方は、さぞ、面白くないだろうがな」

淳一はそう言って、「一応、病院へ行くんだろ？」

「そうね。他に行く所もないし。道田君をずっと待たせといても可哀そうだしね」

と、真弓は言った。


「達雄ちゃん！」

と、病院へ駆けつけて来た母親のゆかりは、息子を抱きしめた。「無事で良かったわ！」

「大丈夫だよ、母さん」

と、達雄はなだめるように言って、「それより病院の窓ガラス代を払ってあげて」

「そんなこといいけど……」

と、ゆかりは息をついて、「一体誰がやったの？」

「知らないよ。でも、僕だけじゃない。一緒にいた金沢ルリ子って女の子も、危うくけがするところだったんだ」

「誰、それ？」

と、ゆかりは急に眉をひそめて、「達雄ちゃん、お母さんに隠して、そんな子と付合ってたの？」

「違うよ」

と、達雄は笑って、「——ほら、今そこに来たのが、ルリ子ちゃんだ」

ルリ子は、達雄の病室へ入って来ると、広さと豪華さに目を丸くしていた。

「——ルリ子ちゃんは、お母さんが入院してて、もうすぐ手術するんだよ」

「まあ、そうなの」

ゆかりも、さすがにルリ子が息子の彼女でないらしいと分って、ホッとした様子だった。

「ご迷惑かけたわね」

と、微笑《ほほえ》みかける。

「あ……。いえ、そんなこと……」

と、ルリ子は当惑したように、「達雄さんがどうして殺されそうになったんですか?」

と訊いた。

「それには色々事情があってね」

と、ゆかりは言った。「あなたには分らない世界の話だから」

「でも、人の命は同じように大切でしょ? あんな風に人を殺そうとする世界なんて、間違ってるんじゃないですか?」

中学生の女の子に正面から言われると、ゆかりも困ってしまった。

「――失礼」

と、病室へ入って来たのは――。

「何、あなたは?」

と、ゆかりが急に怖い目つきになって、「達雄ちゃん、この女は何なの?」

「母さん、そういちいち……」

「男でも女でもありません。警視庁捜査一課の今野真弓です」

と言って、会釈すると、「病院内での殺人未遂事件の捜査に来ました」

「まあ、刑事? だったら、早く達雄ちゃんを殺そうとした男を捕まえてちょうだい!」

「それには、お話を伺わないと」

「他の刑事さんにも話したけど、とっさのことで、顔までよく見てないんですよ」

と、達雄が言った。「大体、どうして僕なんかが狙われるのか……」

「それははっきりしてるでしょ」

と、真弓は言った。「あなたが小竹悠一の息子だから」

「だからって、殺されていいわけじゃないでしょ！」

と、ゆかりが言った。「犯人を捕まえる気なんかないんでしょ！」

「逮捕したいですよ。でも、何の手掛りもないんじゃね」

すると、聞いていた金沢ルリ子が、

「私、憶えてる」

と言ったのである。「銃を撃った人の顔、分ります」

「まあ、本当？　じゃ、どんな顔だったか、大体のところでいいから教えてくれる？」

「絵で描きます」

「あなたが？」

「私、絵が得意なので」

と、ルリ子は言った。

「じゃあ……描いてみてくれる？」

ルリ子は、ソファにかけると、置いてあった病院の注意書の裏に、シャープペンシルでサラサラと似顔絵を描き始めた。

ものの五分とたたない内に、

「はい、これ」

と、真弓に差し出したのは――リアルな男の顔だった。

達雄がそれを見ると、

「そうだ！　この顔だよ！」

と、声を上げた。「見たら思い出した。うん、確かにこの顔だったよ」

「早速、資料をあたってみるわ」

と、真弓は言って、その絵をバッグにしまった。

「あのね――」

と、ゆかりは言った。「これからも、達雄ちゃんを狙おうとするかもしれないのよ。当然、警備はしてくれるんでしょうね」

「母さん、そんなこと――」

「警察はボディガードではありません」

と、真弓は言った。「そちらには、充分な手があるんでしょ」

真弓はそう言うと、ルリ子を連れて出て行った。

「――何でしょ、あの言いぐさ!」

と、ゆかりは怒って、「税金で給料をもらってるくせに!」

「母さん」

と、達雄は苦笑して、「うちは、ろくに税金なんか納めてないだろ」

そう言われると、何も言えなくなってしまうゆかりだった……。


「こいつは立派なもんだな」

と、淳一は、ルリ子の描いた似顔絵を見て言った。

「ねえ、これがありゃ、犯人を割り出せそうよ」

と、真弓は言った。

「しかしな……」

と、淳一はちょっと考え込むと、「この絵のことは、外には伏せておいた方がいい」

「あら、どうして?」

病院の待合所は、もう受付が終ってがらんとしていた。淳一は、

「これだけ犯人を憶えてるってことが知れると、あの金沢ルリ子の身が危ない」

と言った。

「まさか、中学生の女の子を狙うっていうの?」

「それに、小竹悠一の敵はいくらもいるだろうが、どうして息子を狙ったのか、ふしぎじゃないか?」

「でも――いずれ後を継ぐわけだから」

「あの息子が？　それに父親の方はまだ当分死にそうもない。いいか、これはそう単純な話じゃないぞ」

　淳一の言葉に、真弓は首をひねった。

「――じゃ、もしかして、本当に狙われたのは金沢ルリ子で、あの子は実は隠れた暗黒街のボスだった、とか？」

　淳一は感心したように、

「お前の想像力は大したもんだな」

　と言った。

「でしょ？　でも、本当は金沢ルリ子が宇宙人だったのかも、っていうのはどう？」

「どうして宇宙人なんだ？」

「殺し屋を撃退したのはコーヒーカップの受け皿だったんでしょ？　空飛ぶ円盤のことを英語で、『フライングソーサー』、飛ぶ受け皿って言うのよ」

　と、真弓は得意げに言った……。

11　敵か味方か

「小竹の息子が狙われた?」

話を聞いて、その男は、ちょっと呆れたように、

「あんな奴を殺してどうするんだ?」

「分りません」

少し怪しげな〈会員制クラブ〉の建物の地下二階。このビルには、地下は一階しかないことになっている。地下二階は、秘密の会合場所である。

そこのソファでウィスキーを飲んでいたのは、ずんぐりした体つきの男で、ダブルのスーツにネクタイ。——見るからに柄の悪い印象である。

報告に来た男は、大分若く、身のこなしの軽そうな男だ。

「それで、どうしたんだ?」

訊いたのは、相模《さがみ》という男で、この辺りを縄張りにしている。——小竹悠一とはライバル同士だった。ただし、今のところは小竹と正面切って争うだけの力はない。

何かもめ事があっても、いつも手を引くのは相模の方だった。

しかし、もちろん内心では、

「今に見てろよ……」

必ず、小竹の縄張りも奪ってやる。——そういう相模の気持を、小竹の方だって、もちろん分っている。

相模は、小竹にとって、あの度胸のない息子が「泣き所」であることは承知していた。しかし、小竹が死ぬのを待ってはいられない。

まだ小竹は五十五歳のはずだ。よほどのことがない限り、当分は健在だろう。

「じゃ、しくじったんだな」

と、相模が言った。

「そうです。何だか、とんでもない奴がそばにいたそうです」

小竹達雄が殺されかけたことを報告に来たのは加《か》藤《とう》という男で、まだ三十代半ば、相模が信用している身内である。

「――皿を投げた？」

「ええ。しかも、殺し屋の首筋に当ったそうで。なまじの腕じゃないようですね」

「そんな奴が、あの小竹の息子についてるのか」

「聞いたところでは、そういうわけでもないらしいです。用心棒でなく、その場に居合わせただけというんですが……」

「妙な話だな」

と、相模が首をかしげた。「確かに、小竹の地位を狙ってるのは俺以外にもいる。その誰かがやらせたんだろう」

「しかし、狙うなら、父親の方では」

「それはそうだ。――しかし、小竹悠一はボディガードに守られてるからな。代りに息子を殺せば、父親にとっちゃショックだろう」

と、相模は言ったが、しくじったリスクを考えたら、納得できない話だと自分でも思った。「ともかく、小竹がどう出るか、様子を見よう」

「かしこまりました」

「息子の方は入院のままか」

「はあ。今は病室の外に、用心棒を置いているようです」

「当然そういうことになるだろうな」

と、相模は肯いて、「様子を探らせておけ」

「承知しています」

加藤は一礼して立ち去った。

「――愛想のない人ね」

と、女の声がした。

「百合《ゆり》か。――聞いてたのか、今の話」

「いけなかった？　もうニュースでもやってるわ」

赤いドレスの女は、畑中《はたなか》百合。今三十六歳だが、もう十年来、相模と深い仲である。

「別に構わん。一杯飲んだらどうだ？」

「ジュースでも一杯。――今日は夕方から小学校の入学説明会があるの」

百合はソファにかけると、「子供を狙うなんてひどい話ね」

「小竹の息子か？　もう子供じゃない」

「でも、親からすれば、子供は子供よ」

と、百合は言った。「私だって、レイ子ちゃんが狙われでもしたら、自分で機関銃でも持って戦うわ」

レイ子は相模との娘で、今六歳。私立の小学校を受けさせようと、百合は方々に手を回していた。

「お前も強くなったもんだな」

と、相模はちょっと笑って言った。

「そりゃそうよ、我が子のためなら！」

「我が子のため、か……」

相模は少し考え込んでいたが、「――もしかすると」

「どうしたの？」

「いや、これを口実に、小竹がライバルを消しにかかるかもしれない」

「じゃ、あなたも？　用心してよ」

「もちろんだ」

小竹のことはよく分っている。いくら情ない息子でも、我が子は可愛いだろう。

そう考え出すと、相模は今にも自分が襲われるかもしれないと不安になって来た。

「——おい、加藤！」

と、あわてて加藤を呼び戻そうとして、声を出した。


「キャッ！　エッチ！」

女の子の声に、小竹達雄はびっくりした。

今の声は、もしかして……。

達雄が病室のドアを開けると、

「あ、坊ちゃん」

と、廊下で見張っている子分が言った。

「おい、どうしたんだ？」

達雄は、あのルリ子が、怖い顔で立っているのを見て、「どうかしたの？」と訊いた。

「この人が、私のスカートをまくったの！」

「何だって？　おい、お前——」

「いえ、くれぐれも油断するなと社長のご命令で。スカートの下に拳銃でも隠してないかと……」

「馬鹿！　こんな殺し屋がいるか！」

「すみません」

「——私が殺し屋？」

ルリ子はそれを聞くとふき出してしまった。

「凄い！　友達に自慢してやんなきゃ！」

「全く……。入らないか？」

「いいの。ただ、大丈夫かな、と思って」

と、ルリ子は言った。

「おいしいお菓子があるよ。紅茶と一緒にどう？」

「それじゃ、ちょっとお邪魔します」

ルリ子は、病室へと入って行った。

そして、達雄がいれてくれた紅茶で、アフタヌーンティーと洒落たのだった。

「——もう会えないかと思ったよ」

と、達雄が言った。「あんな怖い目にあわせちまったからね」

「そんなこと……。あなたのせいじゃないでしょ」

「しかし、親父があんな風だから……」

「親は親、子は子だわ。あなたって、いい人だと思ったの」

ルリ子の真直ぐな言い方に、達雄は胸を打たれた。

「ごめんなさい」

と、ルリ子は紅茶を飲んで、「生意気言って」

「いや……。嬉しいよ」

と、達雄は心からそう言った。

「私、中学生なのに、大人みたいな口きいてる」

と、ルリ子はニッコリ笑って、「友達扱いして、怒らない？」

「怒るもんか」

と、達雄も微笑むと、「こんなすてきなガールフレンドがいて、自慢だよ」

「ありがとう。でも——用心してね。私、せっかくできたお友達を失くしたくない」

「ああ、大丈夫さ。それより君こそ、巻き込まれないように気を付けて。——と言っても、一番いいのは、僕に近付かないことだけどね」

「そんなこと……。生きてれば、事故にあうことだってあるわ。私、自分の身は自分で守る」

「それは無理だよ。相手はプロの殺し屋だ」

「でも、私も殺し屋に見えるみたいだから、ちゃんと対応できるわ」

と、ルリ子は真面目な顔で言った……。


これが私？

——久保田杏は、TVの画面一杯に大写しになった自分の顔を、信じられない思いで見つめていた。

きちんとメイクをして、衣裳を着せられて、そういう外見だけでもずいぶん変っているが、それだけではないと思った。

そのドラマの中で、杏の役は地味ながらオフィスでしっかり仕事をこなす女性。

スーツを着て、真直ぐ背筋を伸して歩いている姿は、本物の女性社員に見えた。

「いいじゃないか」

と言ったのは金沢だった。「プロデューサーも喜んでたぞ」

「マネージャーさんとしては、お世辞言って私を元気づけようってわけ？」

「違うよ。本当の感想だ」

二人は、ＴＶ局の食堂で夕食をとっていた。

食堂に何台かモニターテレビが置かれていて、今そこに「ドラマ初出演」の杏が映し出されていたのである。

病気で降板したアイドルの女の子の代役として、いきなりやらされたのだったが、自分でもふしぎなくらい、緊張するでもなく、セリフもすぐ憶えてしまった。

もちろん、大した数のセリフではなかったが、それでもごく自然にセリフが口から出て来て、自分がびっくりした。

「でも、ふしぎだわ」

と、杏は言った。「私、ああして別の人間を演じてるのが凄く楽しいの」

「君は役者の素質があるのかもしれないよ」

「いやだ。持ち上げないで」

と笑って、杏は焼魚定食をしっかり食べた。

杏の出演は五分ほどだったが、それでも収録は大変で、杏はたった何秒かのカットにこんなに手間をかけているのかとびっくりした。

「――いい経験させてもらった」

と、杏がお茶を飲む。

「そうだな。これで目をつけられて、ドラマの仕事が舞い込むかもしれないぞ」

と、金沢が言うと、ちょうどケータイが鳴り出した。「ほら！　きっと出演依頼だ」

杏はふき出して、

「そううまく行くもんですか！」

と言った。「お茶、いれてくるわね」

金沢の湯呑み茶碗も一緒に持って、カウンターの給茶機でお茶を入れ、テーブルに戻ると、

「はい、どうぞ。——誰からだった？」

金沢はちょっと微妙な表情で、

「当っちまったよ」

と言った。

「え？　宝くじでも買ってたの？」

年末が近いこともあり、反射的に思い浮かべたのだったが……。

「今のを見たプロデューサーから、連ドラのレギュラーって話だ」

「まさか」

と、つい言ったものの、金沢がそんな嘘をつくわけもない。「本当に？　レギュラーって……。でも、ウェイトレスの役とか、そんなのでしょ？」

「詳しくは今夜会って相談だ」

「へえ……。また誰か倒れたのかしら」

杏は本気でそう言っていた。

「誰かが倒れたの？」

と、声がして——。

「あ、刑事さん」

真弓と淳一が立っていたのである。

「あの……拾ったお金を届けなかった罪で逮捕されるんでしょうか？」

「逮捕はしないけど、落とし主が見付かったら返さなきゃね」

と、真弓が言った。

「そうですよね！　——分割払いでも？」

「私が落としたわけじゃないわ」

淳一がちょっと笑って、

「今のドラマ、見ていたよ。立派にこなしてたじゃないか」

と言った。

「セリフ、間違えなきゃいいって言われてましたから」

「でも、もう次のドラマの仕事のオファーが」

と、金沢が言った。

「いいマネージャーが見付かったね」

と、淳一が言うと、金沢のケータイが鳴った。

「今度は映画の主役かな？　――はい、久保田杏のマネージャーです。――はあ。今度の週末ですか？　――〈アリアドネの涙〉？」

それを聞いた淳一の目がキラリと光った。

「――かしこまりました。明日打合せに伺います」

「何とかの涙、って何？　少女マンガのタイトル？」

「いや、宝石の名前だって。週末に展示会のオープニングパーティがあるそうだ。そのパーティに、その宝石を身につけて出席してほしいって」

「へえ……。でも、この服じゃだめよね」

「そりゃ、ちゃんとしたドレスでなきゃ」

「私、そういう堅苦しい格好、疲れちゃうのよね」

と、杏はため息をついたが、「それも仕事ね。ギャラ出るのよね？」

「もちろんさ。こういう仕事はギャラがいいらしい」

「じゃ、稼いどかないと。一千万円落とした人に返さなきゃいけないものね」

「馬の鼻先にニンジンぶら下げたようなものね」

と、真弓が言った。

「私、馬ですか？」

「いいえ。なかなかハンサムな馬がいるのよ、世の中には」

「へえ！　どんな顔してるんだろ」

と、杏が目をパチクリさせた。

「その〈アリアドネの涙〉ってダイヤモンドは、三十億円もするそうだ」

と、金沢が言った。

「いやだわ！　私、もし落っことして壊れちゃったらどうしよう？」

と、杏は真顔で言った。

「ダイヤモンドは落としたぐらいじゃ壊れないよ」

と、淳一が言った。「壊れたら、まがいもののガラスだってことだ」

「あ、そうか」

杏はホッとした様子で、「私がつけたんじゃ、本物がガラスに見えるわね」

「三十億か。凄い警備だろうね」

と、金沢が言った。

「そうだな。しかし、どんな宝石より、すてきな女の子の笑顔の方がずっと価値がある」

と、淳一は言った……。

12　前夜

　ふと目がさめると、ベッドのそばに金沢が座っていた。

「——あなた。いつ来たの?」

　と、梓は訊いた。

「三十分くらい前だ」

　と、金沢は言って、妻の手を取った。

「起こしてくれればいいのに……」

　と、梓は微笑んだ。

「いや、お前の寝顔を見てるのが楽しくてな」

「変な人」

　と、梓はちょっと笑った。

「しかし、よく眠れるな。明日手術だろ。俺だったら怖くてとても眠れない」

「今さらびくびくしたって仕方ないじゃないの」

「まあ確かにな。しかし、理屈はそうでもいざ自分のこととなると……」

「お仕事は大丈夫なの?」

「ああ。杏が売れっ子になって、マネージャーは大忙しさ」

「それは嘘じゃないわね。TVで見るもの、あの子を」

「どうして俺が嘘をつくんだ?」

　梓はちょっと間を置いて、

「一つ、聞いてね」

と言った。

「何だ？」

「私の入院手術のお金に、盗んだお金を使わないで」

金沢が絶句した。

「お前……」

「私が知らないと思った？　何年妻をやってると思うの？　競馬場の一億円はあなたでしょう」

「おい、そんな……」

金沢は周りを見回した。ベッドはカーテンで囲ってあるが、大きな声を出せば他の入院患者に聞こえるだろう。

「大丈夫よ。これくらいの声なら聞こえないわ」

と、梓は言った。

「しかし……どうして……」

金沢は酸欠の金魚みたいに、口をパクパクさせるばかりだった。

「あなたの様子を見れば分るわ。それに、仲間だった満さんって人、いつかあなたが見舞に来てくれたとき、一緒に写ってる写真を見たわ」

「そうだったか……」

金沢は全く記憶がなかった。

「病人ってね、とても敏感になるものよ。あなたが、ちゃんとお金があると言ったとき、満さんって人が、一億円を盗んで殺された。——私にはピンと来たの」

「参ったな！」

と、金沢は首を振って、「俺は……これで足を洗うつもりだった」

「でも、今はちゃんと働いてる。そうよね？」

「ああ、本当だ」

「私はあなたを守るわ。そのためにも、手術を受けて、元気になるの」

「梓……」

「でも、ルリ子には内緒よ。あの子には、ずっと秘密にしておいて」

「分った」

金沢は妻の上にそっと身をかがめて、キスした。

「――約束する。これからは決して天に恥じない生き方をしてみせるよ」

「信じてるわ」

梓は微笑んだ。「さあ、もう行って。マネージャーさんは忙しいんでしょ」

「明日は一日、病院にいるよ」

「そうね。そう分ってると、私も心強いわ」

梓が、夫の手を固く握った。

――病室を出ると、杏が待っていた。

「奥さん、どう?」

「うん。ありがとう。落ちついてるよ。俺よりずっと」

杏はちょっと笑って、

「そう。いざとなったら、女の方が度胸がいいのよ」

「そうだな。――明日はずっとここにいる」

「ええ。大丈夫。私一人でも何とかなるわ」

と、杏は言った。

「困ったわ!」

と言うなり、真弓は居間のソファに寝そべって、

「ねえ、キスしてくれる?」

淳一は面食らって、

「もちろん、してもいいが……」

近寄る間もなく、淳一は真弓にぐいと引張られて、ソファの上に折り重なった……。

そして――。

「何に困ってるんだ?」

と、淳一が訊いたのは、約四十五分後のことだった。

「何か困ってるの？　まさか女ができたっていうんじゃないでしょうね」

「おい、お前が『困った』と言ったんだぞ」

「そうだった？　――ああ、思い出したわ」

と、真弓は言った。「例の〈何とかの涙〉よ」

「〈アリアドネの涙〉か？　ダイヤモンドの」

「そうそう！　その警備を担当しろと言われちゃったの」

「へえ。捜査一課がか？」

「私もそう言ったのよ。そしたら課長がね、『そのダイヤを公開するパーティがある。そういう場にはふさわしい刑事は君しかいない』って。――課長も大分分って来たわね」

「パーティで殺人が起るかもしれないぜ」

「いやなことを言わないで」

「で、それのどこが困ってるんだ？」

「だって、――あなたがそのダイヤに目をつけてるんじゃないかと思ったからよ」

「おい、よしてくれ」

と、淳一は苦笑して、「そんな由来のある宝石なんか盗んだって、どこにも売れやしない。俺のような、〈個人経営〉の泥棒は、そんなものにゃ手を出さないよ」

「本当？」

「狙う奴があるとすれば、その手の宝石を売り捌《さば》くルートを持っている組織だろう。どこかの王族辺りが欲しがっているって話もあるからな」

「じゃ、やっぱり警戒厳重にしなきゃいけないのね」

と、真弓はため息をついて、「パーティね……。問題はまず……」

「どれくらいの人数を用意するか、だろ」

「いいえ。まずパーティに何を着て行くかよ！」

と、真弓は言った。「あなた、どんなドレスがいいと思う？」

「金だ」

と、相模は言った。「要するに、世の中、すべては金だな」

相模は単純な男だった。

「でも、これで何とかなったんだから」

相模の愛人、畑中百合は笑顔になって、「レイ子ちゃんも、晴れて小学一年生だわ」

「まあ良かった。しかし、私立の小学校に入るのに一千万とはな」

と、相模はため息をついた。

「レイ子ちゃんのためよ。あなただって嬉しいでしょ」

「もちろんだ」

相模は見た目に似合わず子供好きだ。百合との間に生まれたレイ子のことも可愛がっている。


金が惜しいわけではない。しかし、即金で一千万円となると、相模でも用意するのに苦労した。

百合のマンションで、相模は寛いでいた。

相模のような立場なら、いくらでも若い女を金で呼び寄せることはできる。しかし、相模はマザコンのところがあって、百合のように、「一緒にいてのんびりできる」女の方が好みなのだ。

相模には、組関係の義理で結婚した妻がいるが、どっちもお互い好みでなく、別居生活のままだった。

ＴＶをぼんやり見ながら、

「景気のいい話はねえのか」

と、相模は呟いた。

そのとたん、画面に〈30億円！〉という文字が飛び出して来たのである。

相模は急に目が冴えてしまった。

〈30億円のダイヤモンド！　アリアドネの涙！〉

七色に輝くダイヤモンドが画面一杯に映し出され

た。

「三十億円？　凄いわね」

と、百合が首を振って、「でも、もったいないわ。宝石なんて、三十万円で充分よ」

百合は伸びをすると、

「お風呂に入るわ。あなたは？」

「うん？　——ああ、後でいい」

「じゃ、お先に」

百合が居間から出て行くと、相模はケータイを手に取った。

「——加藤か。今、ＴＶを見てるか？　ニュースを見ろ」

「はあ。——点《つ》けましたが」

「分るか？　三十億のダイヤだ」

「凄いもんですね」

「どうだ？」

「——どうだ、とは？」

「決ってるじゃないか！　こちらにいただくんだ」

「は？」

さすがに加藤も絶句した。

「三十億ありゃ、何でも俺たちの思いのままだ。あのダイヤの詳しいことを調べてみろ」

「——分りました」

と、加藤は言ったが、「しかし、ちょっと失敬するってわけにゃいかないと思いますが……」

「分ってるとも。しかしな、誰もあんな物を狙うとは思わないだろう。そこが付け目だ」

「それはまあ……」

「ともかく当ってみろ。〈一般公開〉ってあったからやれないわけはねえ」

「そうですね。——分りました。調べます」

「頼むぞ」

相模は上機嫌で言った。

「——三十億か！」

通話を切ると、相模はため息と共に呟いた。

まるで、もう三十億円が懐に入ったとでもいう気分だった。

「参ったな……」

と、こちらは困ってため息をついている男だった。

相模からの通話を終えたばかりの加藤である。

「三十億？　――どうかしちまったんじゃないのか？」

自分が相模に信頼されていることは分っていた。

加藤としても、決してその信頼を裏切るつもりはなかった。

まあ、相模があまり頭のいい男でないことは承知していた。それでも憎めない人の好さがあり、加藤は気に入っていたのである。

しかし、それも程度問題だ。

いきなり、「三十億円のダイヤを盗め」と言われても……。

「どうしたもんかな」

と呟くと、

「――何か悩みごと？」

と、同じベッドの中で眠っていると思っていた女が言った。

「起きてたのか」

「TV、点けるんだもの、目が覚めるわよ」

「大したことじゃないんだ。忘れてくれ」

と、加藤は言ったが、女は笑って、

「忘れろったって無理よ。〈アリアドネの涙〉を盗もうっていうんでしょ」

加藤は苦笑して、

「相模さんの気まぐれだ。やれっこねえ」

と言った。「少し頭を冷やせば分るよ」

「でも、今度の週末でしょ？　何もしなかったら怒られるんじゃないの？」

「心配してくれるのか」

「まあね。あなたって真面目なんだから」

「からかうのか？」

「本当のことよ。あんな頭の悪い人に忠実について行くなんて」

「おいおい、そうはっきり言ってくれるな」

加藤が抱いているのは、今井尚子《いまいなおこ》。二十六歳の大学院生だった。

インテリで、帰国子女。――およそ加藤の住む世界とは無縁の女性だが、どういうわけか加藤に付合ってくれる。

「とんでもない警備だろう。調べてみましたが、とても無理です、と報告するさ」

加藤は伸びをして、「腹が空いた。何か食べに行こう」

「いいわね！　新しいパスタの店が評判なのよ」

「山盛りのスパゲティは勘弁してくれよ」

加藤は充分若いつもりだが、今井尚子と十歳近く違う三十五歳だ。食べる量では、尚子について行けなくなっている。

「――うん、ほどほどの量でいいわ」

尚子に連れて行かれた店は、少し高級で、若者は少なく、落ちついていた。

それでも、尚子は加藤の倍は食べて、デザートも三つ取った。

「俺はコーヒーだけでいい」

と、加藤は息をついて、「ちょっと悩んでるんだ」

「どうして？」

「相模さんのことさ。今度の件もそうだが、もう少しうまく立ち回ってくれないと、その内、小竹に潰《つぶ》される」

「例の大ボスね？」

「小竹にやられるんじゃないかとピリピリしてるが、俺から見りゃ、小竹は相模さんのことなんか問題にしてない」

「苦労するわね」

と、尚子は笑って、「——近付くことはできるわよ」

「——近付く? どこに?」

「例の〈涙〉のことよ。オープニングパーティに通訳で入ることになってる」

加藤は唖然として、

「本当か?」

「フランス語の通訳は少ないのよ。フランス大使とか、何人かパーティにみえるそうだから、私も会場に入るわ」

尚子はデザートをペロリと平らげて、「でも、盗むとなったら話は別よ」

と言った。

「——あなた、電話よ」

妻のゆかりに言われるまで、小竹はウトウトしていて、ケータイが鳴るのに気付かなかった。

しかし、妻の手前、

「聞こえてる!」

と、つい言い返して、「大事な考えごとをしていたんだ」

ゆかりの方も分っていて、

「はいはい。早く出たら?」

「ああ。——小竹だが」

どこからかかって来たのか、小竹には覚えのない番号だった。しばらく向うは何も言わない。

「——おい! 人をからかってるのか!」

「短気ですね」

と、女の声が言った。

「大きなお世話だ。お前は——」

「大事なお知らせです」

「何だと?」

「〈アリアドネの涙〉を相模が狙ってますよ」

「――何の話だ？」

「お知らせしましたよ。後はそちら次第」

「どういうことだ？　――おい！」

切れてしまった。

「馬鹿にしやがって！」

ＴＶで恋愛映画を見ていたので、小竹は眠ってしまっていたのだが……。

「何を怒ってるの？」

「何とかの〈涙〉がどうしたとか、――電話セールスでも始めたのか、相模の奴」

「あなた、それって〈アリアドネの涙〉のことじゃないの？」

「うん？　――ああ、そんなことを言ってたかな」

「これでしょ？」

ゆかりが、テーブルの上の新聞をめくって、派手な全面広告を見せた。「――〈アリアドネの涙〉特別公開のお知らせよ」

「ダイヤモンドか」

「ええ。三十億円ですって」

小竹もさすがに目が覚めた。

「三十億？　――大したもんだな」

「それがどうしたっていうの？」

そうだ。今の電話の女は、その〈涙〉を、

「相模が狙っている」

と言った。

あの相模が？　そんな大仕事のやれる奴じゃあるまい。

しかし、もし本当に……。相模が三十億を手に入れたら……。

今知らせて来た女は何者だろう？

「あなた、大丈夫？」

と、ゆかりが訊いた。「また眠ってる？」

「目を開けて眠れるか」

と、小竹は言うと立ち上った。

「あなた、映画は最後まで見るものよ」

「放っとけ。どうせ最後はトシを取って死ぬんだ」

「映画はそこまでやらないわ」

「用ができた」

小竹は早口に言って、「出かけて来る」

「はいはい」

ゆかりは大して気にしなかった。

居間を出て行きかけて、

「――おい、何の〈涙〉だって？」

「〈アリアドネの涙〉。その広告ページ、持ってく？」

「よこせ」

新聞のそのページをクシャクシャに折りたたむと、
小竹はポケットへ押し込んだ。

13　打合せ

「何で俺が打合せに出なきゃいけないんだ？」

と、淳一は言った。

「だって、暇でしょ」

真弓はアッサリと言った。

泥棒が刑事にこう訊かれることは珍しいだろうが、どう答えたものかも難しい。

「ともかく、あなたの居場所を確認しておきたいの」

と、真弓は言った。「私が〈アリアドネの涙〉のそばにいれば、あなたには盗めないでしょうからね」

淳一は車を運転しながら、

「そんなもの、盗まないと言ってるじゃないか」

「信じてるわ。でも、あなたは天性の泥棒なんだから、三十億円のダイヤモンドを見たら、ついフラフラッと手が出ちゃうかもしれないわ」

言っていることは無茶だが、要するに淳一がいてくれた方が、安心なのである。

そして、文句を言いつつ、淳一の方も有名なダイヤにお目にかかるのが楽しみでないわけはない。

「――あのホールね」

〈アリアドネの涙〉の一般公開は、〈Kホール〉という、結婚式や宴会を専門にしている建物で開かれることになっていた。

車が正門の所で一旦停ると、ガードマンがやって来て、真弓の身分証を確認。

「これは部下です」

と、淳一を指して言った。

「失礼しました。どうぞ」

車を駐車場へ入れる。

建物の正門は太い円柱に支えられた、ギリシャ神殿風の造り。

今はまだ肝心のダイヤが到着していないので、カーペットもない。

「一応豪華な造りではあるわね」

と、正面の階段を上って行きながら、真弓は言った。

むろん、今の建物なので、両サイドから、車椅子で上れるよう、ゆるやかなスロープが付いている。

「真弓さん！　お待ちしてました」

と、道田刑事が出迎える。

「君も駆り出されたのか」

と、淳一が言った。

「こんな機会はめったにないでしょうからね。これも経験だと思って、課長に頼んだのよ」

と、真弓は言ったが、要するに何にでもこき使える道田がいないと不便なのだと淳一には分っていた。

「こちら〈Kホール〉の警備責任者の下田《しもだ》さんです」

と、道田が紹介する。

いかにも警官上りと分る雰囲気の、がっしりした体格の四十男である。

見るからに頼りになりそうだが、元警官だと何かと規則にうるさく、杓子《しゃくし》定規になりがちで、それが却って警備の弱点にもなる。

真弓が下田と打合せしている間、淳一は会場の中をのんびりと歩いて行った。

「――とてもいい雰囲気ですね」

という女の声が耳に入って、淳一は足を止めた。

どこかで聞いたことのある声だという気がしたのだ。

このホールの社員らしい黒いスーツの中年女性が案内しているのは二十代の、知的な印象の女性。若々しいすみれ色のスーツを着ている。

そのすみれ色で、淳一は思い出した。

黒いスーツの女性が淳一に気付いて、

「何かご説明をいたしましょうか?」

と、ていねいに声をかけて来た。

「いや、僕は当日の警備に当る刑事の付き添いです。下田さんという方と詳しいお話を」

「まあ、そうでしたか。どうぞご自由にご覧下さい」

「これから、宝石類のレイアウトを決めるのですね?」

「はい、〈アリアドネの涙〉の他にも数億円の宝飾品が展示されます」

「それは楽しみです」

「私、ここの会場デザインを受け持っております村《むら》上《かみ》と申します」

名刺には〈村上初子《ういこ》〉とあった。

「では当日楽しみにしております」

と言って、村上初子は立ち去った。

淳一は再びぶらぶらと歩き出したが――。

「おじさま!」

と呼ばれて、淳一は振り向いた。

すみれ色のスーツ。

「あの――淳一のおじさまだと分りました、ひと目で」

「君は確か……」

「今井尚子です」

「ああ、そうだった。〈S貿易〉の今井さんのお嬢さんだったね」

「もう二十六です。〈お嬢さん〉は恥ずかしいです」

と、尚子は微笑んで言った。

そう。――あのころは十七、八だったろうか。今と似たすみれ色のワンピースの可愛い少女だった。

「おじさまは――」

「奥さんのお供でね」

「今、聞いてました。奥様は刑事さんなんですか?」

「まあね。僕は相変らずぶらぶらしてるものだから、よく使われる」

と、淳一は言った。「君の方も〈おじさま〉はやめてくれ。少女小説じゃあるまいし」

「じゃ、淳一さん、でいいかしら」

「君のことは尚子君にしよう。尚子ちゃんは失礼だろうからね」

淳一は会場の中を見渡して、「尚子君はどうしてここに?」

「私、フランス語の通訳なんです。今度のパーティに呼ばれていて」

「なるほど、そういえば、君がフランスに行ったと誰かから聞いたな。通訳か、立派なものだ」

「父があんなことになって、日本にいたくなかったの」

「分るよ。――大変だったね」

「でも。仕方ないわ。父は自業自得でしたもの」

「今は通訳の仕事だけで?」

「一応大学院生なの。フランス文学研究っていう、時代遅れの科にいて」

「いや、文学はいつの世にも現実そのものだよ」

尚子は微笑んで、

「ずいぶん文学や音楽のことを、淳一さんから教えてもらったわ」

「多少はね。――おっと、僕の奥さんがやって来る。言っとくがね――」

淳一は早口に、真弓に関する「注意事項」を、尚子に教えた。

「あなた、楽しそうね」

と言う真弓の目は笑っていない。

「昔お世話になった人の娘さんだ」

「今井尚子です。ご主人様と久しぶりにお目にかかったので」

尚子はそう言って、「私もパーティの係の方と打合せがあるので。失礼します」

と、会釈して行ってしまった。

「――フランス語の通訳？」

淳一の話を聞いて、真弓はふしぎそうに、

「あんなわけの分らない言葉が通訳できる人もいるのね」

「そいつはフランス語に失礼だろう」

と、淳一は苦笑しながら言った。「ところで、問題の〈アリアドネの涙〉の警備の方はどうなったんだ？」

「それがね――」

と、真弓は渋い表情になって、「あの下田って人、元警官だから、大勢警備の人間を集めて至るところに配置する、ってことしか考えてないのよ」

「なるほどな」

「だけど、もともと、このホールは専属のガードマンが二人しかいなくて、しかも一人は入院中ってわけで、要するに下田さん以外は外から調達することになるわけ」

「そいつは厄介だな。一人一人の身許をチェックするだけでも容易じゃない」

「そう言ったんだけど……」

「どう答えた？」

「『怪しい人間は、私がひと目で見抜きます』って、凄い自信なの」

「見るからに怪しい泥棒なんて、マンガの中にしか出て来ないぞ」

「だから、私たちには、『どうぞご自由になさって下さい』って。馬鹿らしくなっちゃった」

「じゃ、ドレスに凝ってりゃいいじゃないか」

「そのつもりだったんだけど……」

と、真弓が不服そうに言った。

「向うから何か言われたのか？」

「まさか！　私の着るものに文句なんか言わせないわよ！」

「それじゃ……」

「当日の飾り付けがどうなるか、まだ決ってないって言うのよ。それじゃ、ドレスの色も決められないわ」

と、真弓は憤然として、「何のための警備だか分らないじゃないの！」

「確かにな……」

淳一には真弓の怒りがよく分るが、他の人間にそれを求めても無理だろう。

だが、何と言っても、ここは民間の施設だ。警備といっても限度がある。

今どきの強盗は人を殺すことも平気である。

「用心に越したことはないな」

いくらガードマンを集めるといっても、武器を持っているわけではない。銃で武装した集団が押し入って来たら、手も足も出ない。

もし抵抗すれば、命を落とす者が出る危険もある。

淳一の話に、真弓は肯いて、

「分ったわ、機関銃を持った部隊を百人ほど……」

「そこまでしなくても」

「冗談よ。せいぜい五十人ね」

「おい……。ともかく、拳銃を持った者を会場内に数人、外に逃走を防げるように人と車を配置したらいい。会場内で撃ち合いになれば、一般の客が巻き添えになる」

「課長に談判するわ。もちろん文句を言うでしょうね。『何ごともなかったらどうするんだ！　その経費はどこから出すんだ！』ってね。大体言うことは分ってるわ」

「今ごろクシャミしてるかな」

二人はちょうど〈Ｋホール〉を出て、階段を下りるところだったが、

「ハックション！」

と、いいタイミングで派手なクシャミをした男がいた。

〈Ｋホール〉の方を覗き込んでいたその男は、淳一たちに見られていると分ると、あわてて行ってしまった。

「――今の、課長じゃなかったわね」

と、真弓が言った。

「ありゃ花粉症のクシャミだな」

「アレルギー？」

「刑事アレルギーかもしれないぜ」

と、淳一は言った。

「後ろ暗いことでも？　追いかけりゃ良かったわ」

「まあ、これを見ろ」

淳一は手にしたスマホを見せて、「写真を撮っといた」

「素早いわね！」

と、真弓は感心したが、「あなた、そうやって、盗撮なんかしてないわよね」

「おい……。泥棒はそんな下品なことはしない」

と、淳一は言った……。

「ああ！　私、生きてるわ！　――生きてるんだわ！」

喜びの声は震えて、杏は車椅子から立ち上った。その表情は明るく、大きく見開かれた目は輝いていた。

「見て！　歩けるのよ、私！」

一歩、また一歩と杏は前へ進んだ。周囲の人々は

息をつめ、身じろぎもせず、その姿を見つめている。

「嬉しいわ！　私、もう一度走れる！　思い切り丘の上を走れるんだわ！　そしてあの人――あの人の胸の中に――」

そこまで言って、杏は突然糸の切れたマリオネットのように地面に崩れ落ちた。

しばらく沈黙があった。そして――。

「OK！」

と、甲高い声がスタジオに響いた。「すばらしかった！」

出演者たちが一斉に拍手する。

杏は起き上って、

「私……大丈夫でした？　セリフ、間違えてませんか？」

と、ディレクターに訊いた。

「ひと言、ふた言違っててても問題ないさ。パーフェクトだ！」

「――良かった」

立ち上った杏は、共演者たちの方へ、「ありがとうございました」

と、深々と一礼した。

セットから出ると、金沢が待っていた。

「金沢さん！　来てたの？」

と、杏は嬉しそうに言った。「でも――奥さんは？」

「大丈夫。手術もうまく行ったし、もうじきICUから出られるよ」

「すてき！　金沢さんが真面目に働いてるからだね」

「働かざるを得ないだろ、こんなすばらしい役者のためなら」

「いやだ。からかわないで」

「本当さ。今のシーンに出てたメインキャストの面々が何と話してたか、知ってるかい？」

「さあ……」

「『早い内に死んでくれて良かったわ』だってさ。自分たちが君に食われちゃうと心配してたんだ」

「まさか、そんな——」

「半分は冗談さ。みんな君のことをほめてた。だが、半分は本音だろうな」

「私なんか、素人同然よ」

「いや、君には素質がある。——ふしぎだな、運命ってものは」

と、金沢はしみじみと言った。「僕は一人の優秀な役者を世に出したんだ」

「でも……」

と、杏は小声になって、「あのことがばれたら、すべては終りよ。私はいいけど、金沢さんには奥さんがいらっしゃるんだから」

「うん……。そういえば、トオルの奴はどうしてる?」

「一緒に仕事しないもんだから、どこにいるのか、よく分らないの」

確かに、金沢もこうして杏についてみて、少しでも売れ出すと、とたんに仕事が増えて、一日中、次から次へと動き回るようになるのだと分った。

トオルはトオルで、車絡みの仕事に大忙しの状態だった。それでも、まだ杏のようにマネージャーを必要とするところまではいかないようだ。

「——それより明日だ」

と、金沢は言った。「夜のダイヤの仕事がある」

「あ、そうだった。忘れてたわ」

「僕がちゃんと憶えてるよ」

「さすがマネージャーさんね」

——二人は、TV局の食堂で夕食をとりながら、翌日のパーティについて話し合った。

「でも、悪いみたいね。何もしないで、ただそのダイヤモンドを胸につけてるだけで、そんなギャラいただいちゃ」

「なに、ちゃんと疲れると思うよ。三十億円と思うと緊張するだろ」

「でも、どうせ縁のない金額だもの」

「それもそうだな」

「あら」

と、杏が言った。「噂をすれば、だわ」

食堂へ、トオルが入って来たのである。

「様子が変だ」

と、金沢は言った。

トオルは食堂の中を見回して、二人を見付けると、急ぎ足でやって来た。

「よかった！　ここにいたんだな」

「どうしたんだ？」

トオルは周囲を見回してから、声をひそめて、

「まずいことになった」

と言った。

金沢と杏は顔を見合せた。

トオルが、「まずいことになった」と言うからには、あの盗んだ一億円のことがばれたのだろうか？

「話してみろ」

と、金沢は小声で言った。「しかし、当り前のような調子でな。そんな風に、いかにも怪しい話ですって顔してたら周囲が変に思うだろ」

「ああ……。そうだな」

と、トオルは息をついて、「それがさ……」

と言いかけたと思うと、

「ちょっと待った！　俺、腹へって死にそうなんだ。カレーもらってくる」

「何だ、あいつは？」

金沢が呆れていると、

「どうやら、私たちの心配してることじゃないようね」

と、杏が言った。

――トオルはアッという間にカレーを平らげると、

「ああ、腹が落ちついた！　これで晩飯が食べられる」

「今の、晩ご飯じゃなかったの？」

「カレーか？　三時のおやつだ。――三時は大分過ぎてるけどな」

「呆れた」

「そんなことより、何だったんだ。『まずいこと』って」

と、金沢に訊かれて、

「あ、そうだ」

と思い出したトオルも呑気である。「杏、お前のことだ」

「私のこと？」

「今度、単発もののドラマに出るだろ。ほら、片桐《かたぎり》さつきの出る」

「ああ、それなら知ってる」

と、当然金沢も承知である。

「どんな話か知ってるか？」

「聞いてないわ。シナリオももらってない」

「さっき、片桐さんと車のことで対談したんだ。あの人、カーマニアで、F1のレースの免許持ってるくらいだ」

「へえ……。美人女優なのに」

たぶん三十代半ばだろう、ドラマでは主役の次くらいのポジションだが、しばしば主役を食ってしまうことで知られている。

「そしたら、今度のドラマのタイトルが、〈置き忘れた女〉で、俺は強盗仲間で逃走用のドライバーだっていう」

「へえ……」

と、杏は唖然として、「私のことかしら、〈置き忘れた女〉って？」

「さあ、どうかな」

と、トオルは肩をすくめた。「だけど、偶然にしちゃ、でき過ぎてねえか?」

「落ちつけ」

と、金沢が穏やかな口調で言った、「シナリオが上って来てるわけでもないのに、いちいち焦ってたら、却って怪しまれる。――それに、トオル、お前は車の運転の腕で評判になってるんだ。逃走用のドライバーにキャスティングされても当り前だ」

「あ、そうか」

と、トオルは簡単に納得してしまった。

「でも……」

と、杏が言った。「もし偶然でも、強盗事件の犯人の一人として私がTVに出たら、あのとき居合せた人たちの中に、一人ぐらいは私のことを思い出す人がいるかもしれないわ。そのときは……」

「心配するな。俺がお前を守る。マネージャーとして当然だ」

「いいえ! 金沢さんには奥さんがいるんだもの。捕まっちゃいけない」

「じゃ、どうするんだ?」

と、トオルが訊いた。

「強盗は私一人だったって言い張るわ。男たちは私の変装だったたって」

あまりに無茶な言葉に、金沢もトオルも、笑うのも忘れて呆然としていた……。

14　予定の行動

「こいつだわ！」

と、真弓が言った。

「何だ？」

淳一は、ドレスの試着をしている真弓の声に、

「誰か覗いていたのか？」

「違うわよ！」

試着室からドレス姿で現われた真弓は、ケータイを手にしていた。「あなたの撮った写真の男。こいつだったのよ」

「おい」

と、淳一は苦笑して、「ドレスはいいが、その姿で『こいつ』は、イメージが……」

「あら、そう？　でも、こいつはこいつよ」

「誰なんだ？」

「相模良二《りょうじ》って、チンピラのボスよ。ボスのチンピラって言った方がいいかしら」

「どう違うんだ？」

「要するに、自分じゃ結構偉いボスのつもりだけど、本当のところは、ちょっとトシを食ったチンピラって奴」

「散々だな。今ごろはまた派手にクシャミしてるかもしれないぜ」

「逮捕してやる！　道田君に言って、抵抗するようなら射殺していいって――」

「おい、待てよ。〈Kホール〉の前を通ったからって逮捕するのか？」

「クシャミをしたわ。悪性の風邪を広めた罪」

「無理だろ。それより、その相模ってのが本当に〈アリアドネの涙〉を狙ってるとしたらその場で逮捕すりゃ、おたくの課長さんも喜ぶ」

「まあ、そうね」

と、真弓は渋々肯いて、「もし、銃でも持ってたら、一斉射撃でバラバラにしてやる」

「怖いな。ところで、ドレスはそれでいいのか？」

「色とデザインは気に入ってるけど、万一撃ち合いになったときはちょっと不便ね。もうちょっと動きやすいのにするわ」

真弓がもう一度試着室に入って行くと、淳一は、

「相模か……」

と呟いた。

あの小竹と縄張りが重なっている。しかし、相模は他の面々からはかなり「軽く」見られていた。

「三十億円のダイヤモンド」

に目がくらんだ、というのもありそうなことだ。

「そうか……」

あの様子では、相模は本当に〈アリアドネの涙〉を盗みに来るかもしれない。むろん、成功するはずはないが。

しかし、その騒ぎで、警備の目が相模の方へ向くとしたら……。

淳一は、〈アリアドネの涙〉を盗むつもりはない。そんなことが起ったら真弓が——というより上司の課長が切腹することになるかもしれない。

だが、明日は〈アリアドネの涙〉の他にも宝石類が展示される。そこから一つ二つ、ちょうだいするのは悪くない考えだと思った。

当然それほどの宝石なら保険がかけられているはずだし、肝心のダイヤが守られれば、そう大した問

題にならないかもしれない。

淳一は、真弓のドレス選びを待つ間に、裏事情に詳しい人間と連絡を取った。

「〈涙〉の件で、何か聞いてるか」

とだけ言った。

「相模が」

「うん、それは知ってる」

「実際は加藤っていうのが指示されてます」

「加藤だな」

「それと、ついさっきですが」

「何か?」

「小竹が若い者を何人か集めてると。明日何かやろうとしてるらしいって話です」

「小竹が……。分った。ありがとう」

淳一はちょっと首をかしげた。小竹のような立場になれば、そう危い仕事には手を出さないものだ。

「おそらく……。そうだな」

相模が何か企《たくら》んだら、必ず小竹の耳に入るはずだ。相模の計画を知って、そこにうまく乗ろうとしているのかもしれない。

「——面白くなりそうだ」

と、淳一は呟いた。

相模が万一、ダイヤを盗み出したら、小竹はそれを横盗りするつもりだろう。しかし、それをどこでやるか、だ。

もし〈Kホール〉の展示場で、小竹と相模がかち合ったら……。会場はかなり混乱するだろう。

ただ、武装してやって来るとしても、まず人は殺さない。そんなことをしたら、組織全体が迷惑する。

何かよほどの突発的な事態が起らない限りは……。

「——これで我慢するわ」

と、真弓が着替えて、ドレスを手に出て来た。

「俺も一つ、タキシードを新調するかな」

「あら。来ないようなこと言ってたじゃないの」

「やっぱり、お前を身近で守ってやらないとな。万一のときは、俺が弾丸を受けてやる」

「それはありがたいけど……」

と、真弓は眉をひそめて、「ドレスが血で汚れないようにしてね」

「おい——」

「冗談よ。そっちもでしょ。それに、いざとなったら、代りに道田君に盾になってもらうから」

と、真弓は半ば本気で言った……。


「この鏡、おかしくない？」

と、杏は思わず言った。

「いいじゃないか」

と、金沢は腕組みをして、「さすがは人気上昇中のスターだ」

「マネージャーだからって、こんな所で宣伝しないで」

と、杏は照れたように言った。「でも——自分じゃないみたい」

大きな鏡の中には　白と金のドレスに身を包んだ「レディ」が立っていた。

ヘアスタイルも、特別である。

「お姫様役だってやれそうだ」

と、金沢が言った。「今夜のパーティは、ワイドショーの取材も入ってる」

「でも——怖いわ」

「どうして？　ちゃんと警備もしてくれてるよ」

「そうじゃないの。はき慣れてないハイヒールで、転んじゃうんじゃないかと思って」

と、杏は言った。

——後は肝心の〈アリアドネの涙〉を会場で身につける——ネックレスになっているということだった——だけだ。

「時間だ」

と、金沢は言った。

「会場までは？」

「もちろん、車が来てるよ」

ブライダルのファッションビルの正面に出て行くと、目の前に長い胴体のリムジンが停っていた。

そして、帽子に白手袋のドライバーが、

「お待ちしておりました」

と、ドアを開けてくれたが――。

「トオル！」

と、杏はびっくりした。

ドライバーのスタイルのトオルが、ドアを開けてくれたのだった。

「どうして……」

「急に言われたんだ」

と、トオルは言った。「例のプロデューサーの松田さんが、思い付いたらしい。俺も一度リムジンを運転してみたかったんだ」


「あんまり飛ばさないでよ」

「当り前さ。リムジンはゆっくり走らせるのが難しいんだ。そして決った時間にピタリと向うへ着くようにする」

「大丈夫なの？」

「任せとけって。一秒と違わずに〈Kホール〉の前に着けてみせる」

杏はクスッと笑って、

「無茶言ってる」

「よし、見てろ！」

と、トオルは張り切って言った……。


ウトウトしていた小竹達雄は、ベッドのそばに人の気配を感じて、

「ルリ子ちゃんかい？」

と言って、ゆっくりと目を開けた。

そして――びっくりした。

「父さん！　どうしたんだい？」

父、小竹悠一が立っていたのである。

「ルリ子ちゃんだと？」

と、小竹はニヤリとして、「隅に置けない奴だな」

「そんなんじゃないよ」

と、達雄は言った。

息子が「心を病んで」入院していることが許せない小竹は、ここへ見舞になど、めったに来ない。

「僕に何の用？」

「なに、ちょっとした大仕事をやろうと思ってるんでな」

「大仕事？　それって、公園のゴミを拾うとかじゃないよね」

小竹は笑って、

「お前もユーモアのセンスはあるな」

と言った。

「何をやろうっていうの？」

と、達雄は訊いた。「いやだよ。父さんが指名手配されたりしたら、母さんが可哀そうじゃないか」

「俺がそんなドジを踏むと思ってるのか」

「でも――」

「心配するな。まあ、明日の朝刊を楽しみにしてろ」

「父さん……」

「お前に、本当の男ってのはどんなものか、見せてやる」

と、小竹は胸を張って言うと、大股に病室から出て行った。

「心配するな、って……。心配するに決ってるじゃないか」

と、達雄は呟いた。

しかし、父が何を考えているのか全く分らないのでは、止めようがない。

もちろん、何とかしようと思えば、やれなかったわけはない。しかし、達雄はそこまで「面倒なこと」に首を突っ込む気にはなれなかったのである。

そして、

「ルリ子ちゃん、来ないかな」

と、天井を見上げて呟いた……。


ちょうどそのとき、金沢ルリ子は達雄の病室へ行こうとしていた。

母、梓の病室に寄って、

「また後で来るね」

と、ちょっと手を振って廊下へ出ると、「――そうだ」

達雄の所へ行くのに、何かお菓子を買って行こう、と思った。

ポリポリとスナック菓子をつまみながら、おしゃべりをするのがルリ子の楽しみだったのである。そんなものを買うくらいのおこづかいは持っている。

エレベーターで地階に下りると、売店に足を向けた。少し広めのコンビニだが、いつも入院患者が大勢買物に来ている。

「ええと……」

達雄はチョコレート系のお菓子が好きだ。そんなことまで、ルリ子は知っていた。

「――これとこれ」

袋を二つ取って、レジに並ぶ。

値段の割には量がある。袋二つ、両手に抱えて、ルリ子はエレベーターのボタンを押した。地階へ下りて来る人が何人もいて、中に、母、梓の手術をしてくれた医師がいた。

「やあ、ルリ子ちゃん」

向うもルリ子を憶えていて、「おやつかい?」

「うん。でも達雄さんの所に」

「あ、そうか。君が仲良くしてくれるおかげで、彼は明るくなったって評判だよ」

「本当？」

「ま、良くなると退院しなきゃいけないから、本人はいやだろうね」

と言って、医師は笑った。

エレベーターの扉が閉じかけて、ルリ子はあわてて乗った。

直接上に行くのだが、一階で乗る人がいるだろう。やっぱり、一階でエレベーターは停り、扉が開いた。待っていたのは男の人、一人だけだった。

ルリ子はちょっと目を伏せて、エレベーターの隅の方へ寄った。

しかし——乗って来た男が、ルリ子を見てハッとする気配があった。ルリ子もその男を見た。

あの男だ！

達雄を散弾銃で撃とうした男。——ルリ子が似顔絵を描いた、あの男だった。

あの絵がそっくりだったので、男のことをすぐに手配したとは聞いていた。

でも、まさか、またやって来るなんて。

「——お前か」

と、男は言った。「あのときの子だな」

エレベーターの隅へ体を寄せたルリ子の手から、お菓子の袋が落ちた。

病室のドアが開いて、

「ルリ子ちゃん？」

と、達雄は顔を向けた。

見たことのない医師が入って来ると、

「ルリ子ちゃんの母親の手術をした医師です」

と言った。

「え？　それが——」

「さっきエレベーターでルリ子ちゃんに会いました。ここへ来ようとしていて、お菓子の袋を抱えてたんです」

と、医師は厳しい表情で言うと、お菓子の袋を二つ、ベッドに置いた。「今、エレベーターの中に、これが二つ落ちていました。ルリ子ちゃんの姿はありません」

達雄は数秒間、状況が呑み込めない様子だったが、「ちょっと――ちょっと待って下さい。あの子がいなくなった？　これだけがエレベーターの中に？」

「あなたは狙われたんですね。もし、また犯人が――」

「そんなことが……。おい！　入って来い！」

達雄が怒鳴ると、廊下にいた用心棒があわてて入って来た。

ルリ子を捜せと命じてから、達雄はちょっとためらったが、すぐにケータイをつかんだ。

「あら、誰かしら？」

真弓は〈Kホール〉の玄関を入ったところだった。

ケータイが鳴って出ると、

「ああ、小竹の息子さんね？　どうかした？　――ルリ子ちゃんが？」

「頼む。あの子を助けてやってくれ」

達雄が状況を説明して、「あのときの犯人がルリ子ちゃんと出くわしたら……」

「あの子の似顔絵で、すぐ手配したのよ。分ったわ。急いで病院の周辺を捜索させる」

「頼むよ。あの子が僕のせいで――。お願いだ！」

真弓はすぐに病院周辺に手配の連絡を入れた。

「――小竹達雄も、よほどあの子と仲が良かったのね」

「あのときの似顔絵の男は――」

と、淳一が言った。

「ええ、すぐ分ったわ。ええと……。大町《おおまち》という男よ。大町清《きよし》。行方を当ってるけど、もう都内にはいないだろうってことだった」

「しかし、また現われたのか？　ルリ子ちゃんを連れ去ったとしたら、何のためだ？」

「それは——もう一度、小竹の息子を狙うため？」

「どうもすっきりしないな」

と、淳一は首をかしげた。「そこまでして、小竹の息子を誰が狙う？　——よし、お前はここを動くな。子供の方は、俺が当ってみる」

「お願いね。子供をさらうなんて、卑怯だわ！」

「お前は〈アリアドネの涙〉をよく見張ってろ」

そのとき、〈Kホール〉の正面に大きなリムジンが着いた。

「——どうだ」

自慢げに、トオルがドアを開ける。

「一分早かったわよ」

と、杏は言って、「でも、いい気持だったわ。この中で暮してもいいくらいね」

「呑気なこと言ってやがる」

と、トオルは笑って、「じゃ、お帰りもお送りいたします」

と、大げさに一礼して見せた。

「それまで車で寝てるの？」

「それが、松田さんに言われてんだ。着替えてパーティに出ろって」

「タキシードに？　それはいい」

と、金沢が言った。「パーティじゃ、エスコートする男性がいないと格好がつかないからな」

「車を置いてから、後でパーティ会場に行くよ」

「ええ、待ってるわ。三十億円のダイヤをつけた私を見てね」

「値段を下げとくから」

杏が笑って、階段を上って行く。

「ちゃんと裾をつまんで持ち上げて。踏んだらドレスが破れる」

と、金沢が注意する。

「分ってるわよ！」

と、杏が言い返す。

ちょうど正面玄関を入ったところで、急いで出て来た淳一と出会った。

「やあ！　これはすてきだ」

と、淳一は足を止めて言った。

「あ……。どうも。もう帰っちゃうんですか？」

と、杏は言った。

「ちょっと事件があってね。君が〈アリアドネの涙〉を身につけている姿をこの目で見たかったが、残念だ」

「私も、あの女刑事さんにぜひ見ていただきたくて」

「ああ、真弓なら会場の中で、しっかり君をガードしてくれるよ」

「本当ですか？　嬉しいわ」

「じゃ、失礼する」


淳一が小走りに出て行く。

「――何があったのかしらね」

と、杏がちょっと心配そうに淳一を見送ったが、そこへ、

「主役の登場です！」

と、甲高い声がして、TV局のリポーターとカメラマンがやって来た。

そして、

「杏ちゃん！　もう一度正面からゆっくり入って来てくれる？　スタジオへ生中継するから」

「分りました」

「どうせなら、階段を上ってくるところからお願いできる？」

「分りました」

と、金沢が言った。「じゃ、俺は外れてるからな。ドレスの裾を――」

「大丈夫ってば」

と、杏は金沢をにらんだ。

「〈アリアドネの涙〉の輝き。それはとりも直さず、フランスの魂の輝きでもあるのです!」

挨拶に立ったフランス大使が、力強く言った。もちろん、フランス語で。したがって、パーティの出席者たちが一斉に拍手したのは、今井尚子が通訳したときだった。

「では引き続き、大使自ら、〈アリアドネの涙〉を、本日の美しいゲスト、久保田杏さんに身につけていただきましょう」

と、司会役の女性アナウンサーが言った。

尚子が大使に小声で伝えると、大使は壇上に上った杏を見て、

「オオ! ウツクシイ!」

と、日本語で言った。

そして、杏の手を取って、うやうやしく唇をつけた。

「皆様、お待たせいたしました! 〈アリアドネの涙〉です!」

ビロードのケースに、大きなダイヤモンドが輝いていた。

そのネックレスを手に取ると、大使が杏の後ろに回り、ネックレスのチェーンをとめた。

「さあ! 杏さん、前に出て下さい! 照明がひときわ華やかに〈アリアドネの涙〉を輝かせます!」

スポットライトが杏を捉え、その白い胸もとに、七色の光を放つダイヤモンドがきらめいた。

一斉にカメラがシャッターを切る。BGMが明るいメロディを奏でて、雰囲気を盛り上げた。

杏も、さすがに頰を紅潮させて、胸を張りカメラに向って立った……。

「――スターね」

と、真弓が呟く。

ごくわずかの間に、スターの輝きを身につけて、杏はダイヤモンドに負けていなかった。

「――道田君、怪しい動きはない？」

真弓はブローチに仕込んだマイクへ、そっと話しかけた。

「今のところ、ありません」

道田の返事がイヤホンに入ってくる。

「よく見張ってて」

「了解です」

道田は〈Kホール〉の一番広い宴会場を使っている今夜のパーティを見下ろす位置にいた。

結婚式にここを使うとき、聖歌隊が並んで歌うバルコニーがあって、そこに道田は立っていた。会場全体が見渡せる。

そして、〈アリアドネの涙〉を胸もとにきらめかせながら、杏は会場をゆっくりと移動して行った。


「身につく」ためには、着慣れていることが必要である。

いくら高級なタキシードを借りて来ても、いかにも「着慣れて」見えるためには、普段こうしたパーティに出ていることが大切なのである。

その点、刑事としては真弓はこの手のパーティに慣れているし、淳一も同様だ。

だから、

「あいつ、怪しい」

と、直感的に見抜いたのである。

いかにもタキシードが窮屈そうで、エナメルの靴で滑りそうになっている男がいた。

そして、それにくっついて来ている若いのが二人、これはもっと悲惨で、蝶ネクタイは曲っているし、首が苦しいのか、何度も指を首まわりに入れて引張っている。

真弓は、警備の下田へ、その男たちのことを注意した。

「了解しました」

下田自身はスーツにネクタイだが、自分も窮屈らしい。しかし、そこはベテランで、目立たないように合図して、集めていたガードマンに指示を出し、タキシードの三人をアッという間に取り囲んだ。

——真弓は、その三人のことは下田へ任せて、他の面々に目を光らせていた。

〈アリアドネの涙〉を盗もうというのなら、あんなに分りやすい連中に任せないだろう。

あの三人は、いわば囮《おとり》で、警備陣の注意をそらすのが目的と見た。

ただ、あの三人がなぜ入場できたのか、そこは気になる。

「怪しい招待状は？」

と、受付にいる部下へ訊く。

「一応ちゃんとしていますが——。通し番号が手書きのが何通かあります」

「数えて。三人は確保したけど」

「分りました。——五……六通あります」

「他に三人？　宛名はどうなってる？　文字の書体は？」

「微妙に違いますね」

「正規の招待客の中に、同じ書体の招待状がないか、調べて」

「分りました」

誰かが正式な招待状を渡して、そっくりに作らせたはずだ。

「道田君。少なくとも三人、紛れ込んでるわ。怪しい動きをしている人間を見付けて」

「分りました！　——わざわざダイヤと逆の隅の方へ寄ってる男がいます。九時の方向に一人、反対の方向に二人。上は白のタキシードです」

「分ったわ」

真弓は手にしたバッグへ手を入れると、中で拳銃を握った。

中で発砲したくない。上が白いタキシードはすぐに分った。

目がダイヤを追っていない。他のメンバーがどこにいるか、確認しようとしているのだろう。真弓はスッと近づくと、

「——いい夜ですね」

と、話しかけた。

15　間隙

　白いタキシードの三人は、ともかく別室へと連れて行った。

「ちゃんと招待状がある！」

　と、抗議する者もいたが、そこは真弓もそつなく、

「あくまで〈アリアドネの涙〉を守るためです。安全と分れば、パーティに戻れますし、特に、久保田杏ちゃんから頬っぺたにキスしてもらえます」

　と、勝手な約束をして、なだめすかしておいて、部屋のドアには鍵をかけ、道田に、「絶対に一人も出さないで」

　と命じた。「強引に出ようとしたら、射殺していいからね」

「分りました！」

　道田がピンと背筋を伸した。

「これで大丈夫でしょ……」

　と、真弓はちょっと安堵《あんど》したが、「あら、メール」

　淳一からメールが入っていた。

〈目立つ奴は囲むぞ。客じゃないかもしれない。そのつもりで警戒しろ〉

　読んで、真弓は、

「さすがに、ベテランの言うことは違うわね」

　と、妙な感心の仕方をしている。

　そう。――考えてみれば、白いタキシードなど、目立って仕方ない。

ひそかにパーティへ紛れ込もうという人間が、あんな目立つ格好をするだろうか？　客じゃないかも……。

「そうだわ」

客の中にいるだろうとばかり思っていた。——客以外に、誰が？

パーティ会場では、杏が人々の中を一巡りして、再び壇上に立った。

カメラが一斉にシャッターを切る。

「——それでは」

と、司会の女性が、マイクを手にして、「しばらくの間、ご歓談と軽食をお楽しみ下さい」

会場に小さなサンドイッチやカナッペが出て、人々がつまむ。

食べもの、飲みものが出るということは、それを運んで来る女性たちがいて、食べるのに使った小皿やフォークをさげていく者もいる。

もしあの中に、ダイヤモンドを狙っている人間がいるとしたら……。

「——道田君」

と、真弓はマイクに話しかけた。

「はい！　異状ありません」

「そこは二人残しておけばいい。他はパーティ会場へ入って」

「分りました。でも——何をすれば？」

「食べて、飲むのよ」

「は？」

「こちらが、安心していると見せかけるの。警備が手落になったと見れば、本当の連中が動き出す」

と、真弓は言った。「みんなに伝えて。ワインも飲んでいいって。ただし、酔っ払わない程度にね」

「承知しました」

「そして、みんなバラバラに、ただし、杏ちゃんに五歩以内で駆けつけられる距離を保つように」

言うは易く、であるが、道田は素直に、

「かしこまりました！」

と答えた。

怪しい奴らはつまみ出した。刑事たちが安心して
ワインなど飲んでいる……。

それこそ、犯人の狙い目ではないかと真弓は考えたのである。

真弓の部下たちがパーティに加わって、ワインを飲み始める。

「そうだわ」

大切なことを忘れてた！　リーダーの自分が飲まないでどうする。

真弓は、手本となるべく（?）ワイングラスを手に取って、一気に飲み干した。すると、

「では、ここで本日のゲスト、久保田杏さんに、一曲歌っていただきましょう！」

と、司会者が言った。


「え？」

杏は目を丸くした。――そんな話、聞いてない！

あわてて、金沢を捜して周りを見回した。

金沢も、パーティ会場の隅で司会者の言葉を聞いてびっくりしていたが、そうすぐには杏の所へ駆けつけられない。

「曲は、間もなく発売になります、杏さんのデビュー曲、〈涙をふいて〉です！」

司会者がそう言うと、カラオケの伴奏が流れ始めた。

確かに、杏は突然シングルを出すことになり、〈涙をふいて〉を何度か歌わされていた。

しかし、まだ録音もすんでいない！

しかし、前奏が終り、歌の入りになってしまった。

どうにでもなれ！

杏はマイクの前に駆けつけると、歌い出したのである。

そこへ、ちょうどトオルが、タキシードに着替えて入って来た。

「何だ、あいつ……」

と、トオルはびっくりして、「歌までやってんのか」

やけになっていたせいもあるのか、杏は思い切り口を開け、しっかりと声を出して歌っていた。

金沢は、やっと杏の近くまで来た。どうなることかと思ったが……。

「驚いたな……」

作曲家の前では、弱々しい声しか出なくて、何度もやり直していたのに、今の杏は音程もちゃんとした歌になっている。

「あいつ……」

芝居をやれば、ディレクターが惚れ込む。歌もできる。——何て奴だ。

金沢は腕組みして、歌詞を間違えることもなく歌い切る杏を眺めていた。

歌い終ると、会場は拍手に包まれた。

「すばらしい歌をありがとうございました！」

と、司会の女性が、マイクの方へやって来て、

「皆さん、杏さんにもう一度拍手を！」

ワッと盛り上る。

そのとき——会場の明りがすべて消えて、真暗になった。

当惑した気配が広がる。

「何か始まるのか？」

イベントなのかと思っている客もあった。

そして、闇の中、

「キャーッ！」

という叫び声が響き渡った。

「杏！」

杏の声だ！　金沢は、内ポケットからペンシルラ

イトを取り出して点けた。

光の中に、杏が立っていた。

「大丈夫か！」

と、金沢が駆け寄る。

「誰かが——ネックレスを、引きちぎった！」

と、杏が言った。

白い首に、こすれた血の筋が残り、〈アリアドネの涙〉は消えていた。

明りが点いた。

真弓は、杏の胸を飾っていたダイヤがなくなっていることを見て取ると、

「誰も動くな！」

と怒鳴った。「会場を出ようとする者は射殺する！」

道田たちが一斉に会場の壁際へ散って、客たちを取り囲む。

ここでパニックを起してはいけない、と真弓は思った。大騒ぎになると、みんな逃げ出してしまうだろう。

いくら何でも、ここに来ている普通の客を射殺はできない。

真弓は拳銃を持った手を後ろへ回し、マイクの前に立つと、金沢に肩を抱かれて立っている杏の方へ、

「大丈夫？」

と、声をかけた。

「ええ……。でもダイヤが……」

と、杏が言った。

「あなたが大丈夫ならいい。三十億円のダイヤより、あなた一人の命の方が大切よ」

「でも……」

真弓はマイクに向うと、

「皆さん、びっくりされたことと思います。私は警視庁の者です」

と、穏やかな口調で言った。「ただいまの、おそ

らく意図された停電の間に、〈アリアドネの涙〉が、杏さんの首から引きちぎられ、盗まれました。しかし、落ちついて下さい。この会場から外へ持ち出すことは不可能であったと思われます。——恐縮ですが、これから、ここにおいでの皆さんの身体検査を行わせていただきます」

会場がざわついた。真弓は続けて、

「もちろん、お一人ずつ個室で、男性の方は男性、女性の方は女性の捜査員が担当します。体重は測りませんのでご安心下さい」

笑いが起った。真弓は息をついて、

「面倒なことになり、申し訳ありません。けれども、もしここで〈アリアドネの涙〉が持ち去られるようなことがありますと、可哀そうな私の上司がクビになります。妻と三人の子を抱えて路頭に迷わねばなりません。一家心中を防ぐためにも、ご協力をお願いします」

客の中から、

「分った！　協力するぞ！」

という声が上り、拍手が起った。

「ありがとうございます！　では、準備が整いますまで、ワインをお飲みになっていて下さい」

と、真弓は言って、道田を手招きして呼んだ。

「——真弓さん」

「落ちついて。今青くなって気絶しそうなのは、ダイヤの持主とイベントの企画会社の人たちよ。すぐこの〈Kホール〉の人と話して個室を二つ用意。いいわね」

「はい！」

道田が壁際の方へ戻って行こうとした。

そこへ、

「ちょっと待て」

と、会場へ入って来たのは淳一だった。

真弓がびっくりして、

「どうしたの？」

と駆け寄る。

「子供は向うで捜している」

と、淳一は言った。「俺がいなくなったと思わせた方が、犯人が安心すると思ったんだ」

「じゃ、犯人を知ってるの？」

「確信はない。だが、〈アリアドネの涙〉は……」

淳一はそう言って、「道田君と、警備の刑事たち、みんな自分のポケットを探ってみてくれ」

「何言ってるの？」

「暗がりの中、一瞬でネックレスを奪う奴だ。最初にここを出て行く人間のポケットにそれを入れるくらい簡単だ」

「ワッ！」

と、声を上げたのは真弓の部下の一人だった。

手の先に、〈アリアドネの涙〉が揺れていた。

「どうなってるの？」

と、真弓が目を丸くした。

「言った通りだ。犯人は〈アリアドネの涙〉を、刑事のポケットに入れた。身体検査のために、刑事たちはこの会場と外を出入りするだろう。その間に、その刑事のポケットから、スリ取るのは簡単だ」

「じゃ、犯人はスリ？」

「その訓練をした人間だな。もともとその素質を持っていたのかもしれない」

「あなた」

と、真弓は小声になって、「犯人を知ってるのね？」

「今はもうネックレスを持っているわけじゃない。逮捕できないだろ」

「それはそうね……」

真弓は渋い顔で言った。

その間に、専門家が、

「これは本物の〈アリアドネの涙〉です！」

と保証した。

会場内に拍手が起った。

「良かった！」

と、安堵の息をついたのは杏だった。「私が疑われたらどうしようかと思った」

「いや、お前を傷つけたのは許せない！」

と、トオルが言った。「首の傷を手当してもらえよ」

「大丈夫よ。大したことない」

「でも、血が出てるよ」

と、金沢が言った。「医務室があるはずだ。ついて行く」

「じゃ、もうネックレスをしなくていいのね？」

と、杏は言った。「主催者の方に申し訳ないわ」

「いや、立派な心がけだ」

と、フランス大使が言って（当然フランス語で）、杏の手を取ると、その甲に唇をつけた。


通訳したのは、もちろん今井尚子だった。

「ちょっとヒリヒリするけど、大したことない」

〈Kホール〉内の医務室で、杏はネックレスが引きちぎられたときのすり傷に消毒薬をつけてもらった。

「しかし、大胆な奴だな」

と、トオルが言った。

「単純な手だが、実用的ではあるな」

と、金沢が言った。

杏について、パーティ会場へ戻りながら、

「盗めたら三十億か！　俺たちとはスケールが違うな」

と、トオルが言った。

「あら、何だか表が……」

〈Kホール〉の正面で、怒鳴り合う声がした。

「やあ、大丈夫かい？」

と、淳一が杏に訊いた。

「はい。ありがとうございました」

「何の騒ぎですか?」

と、金沢が訊いた。

「例のダイヤを奪おうとして押しかけて来た奴がいてね」

「え? じゃ、盗んだ人と別に?」

と、杏が目を丸くする。

「暗闇の中で盗んだのは知能犯だが、今やって来たのは単純な連中だ」

「でも——大丈夫なんですか?」

「心配いらない。ちゃんと予想してたからね、うちの奥さんが」

「まあ、凄い!」

と、杏は感激した様子で、「すてきな奥様ですね」

「まあ、あれでも刑事としちゃ一流だよ」

騒ぎはもうおさまっていて、真弓がパーティに戻ってくると、

「皆様、ご心配なく」

と、呼びかけた。「表でちょっと騒いでいた者たちは、ひとまとめにくくって、粗大ゴミに出しました」

笑いと拍手が起った。

「すっかり人気者だな」

と、淳一が言った。

「あんまり目立っちゃまずいわよね、刑事はあくまで控え目でないと」

と、真弓は首を振って、「でも、仕方ないわね、生れついての美貌はどうしようもないし……」

「今のは例の相模の手下たちか?」

「力ずくで奪おうなんて図々しいわよね。リーダーは真先に逃げ出して、取り残された子分たちはさっさと手を上げたわ」

「情ない連中だな」

と、淳一は言って、「俺は病院の方へ行く。——

そうか、あんたはまだ知らなかったんだな」

　淳一が金沢に向って言った。

「何のことでしょう？」

「娘さんのことだ」

「ルリ子がどうかしたんですか？」

　淳一の話に金沢は青ざめた。

「ルリ子が……」

「一緒に行こう。病院の周辺は厳重に警備してる」

「私も行くわ！」

　と、杏が言った。

「俺が運転してやるよ！」

　トオルが早くも駆け出して行く。

　淳一と、金沢、杏はトオルの運転するリムジンで病院へと向うことになった……。

16　安全な人質

「参ったな」

と、男は言った。「これじゃ、身動きが取れねえ」

ルリ子は、何だかふしぎな気分だった。

「どうして逃げないの？」

と、ルリ子が訊くと、

「お前のせいだ。まさかエレベーターで出くわすとは思わなかった」

「好きであのエレベーターに乗ったんじゃないよ」

それを聞くと、男は苦笑して、

「それもそうだな」

と言った。「菓子の袋を持って、どこへ行くところだったんだ？」

「達雄さんの所だよ」

「あの息子と付合ってるのか？」

「付合うって……。誤解されるじゃない、人が聞いたら」

「そうか。――すまん」

何だか、妙に穏やかな男なのである。

「おじさん、大町っていうんでしょ」

「知ってるのか」

「刑事さんに聞いた」

「そうか。――そういえば、ＴＶで見た俺の似顔絵、お前が描いたんだって？　本当なのか？」

「うん、そうだよ」

「うまいもんだな」

「絵かくの、得意なんだ」

平和な会話が続いていた。

しかし、二人はとても窮屈な状態に置かれていた。

ともかく、廊下をひっきりなしに医師や看護師が通るので、なかなか病院から出られずにいる内、警官が何人も駆けつけて、ルリ子は大町に引張られて、地階の洗濯室へ逃げ込んだ。

シーツや毛布やタオルが山のように積まれていて、その山の奥に二人は潜り込んだのだった。

「私って、人質なの?」

と、ルリ子が訊いた。

「まあ、一応そういうことになるかな」

二人は、タオルの山の間に、立て膝をして座り込んでいた。

「分んないな。どうして達雄さんを何度も殺そうとするの?」

ルリ子の問いに、大町はしばらく答えなかったが
……。

「本当のことを話してやろうか」

と、大町が言った。

「嘘を聞くよりいいよね」

「もともと、あの息子を殺す気はなかったんだ」

大町の言葉に、ルリ子は目を丸くして、

「でも、散弾銃で――」

「外すことになってた。あの皿の攻撃がなくてもな」

と、首をさすって、「凄い奴がいたもんだな」

「刑事さんの旦那さんだよ」

「そうなのか? あれは普通の人間じゃないぜ。刑事でもないだろう。たぶん――俺と同じ世界の人間だ」

「そういえば、そんな雰囲気あるかも」

それを聞いて、大町はちょっと笑うと、

「お前とは何だか気が合いそうだな」

と言った。

「私もそう思う。似顔絵描きながら、この顔好きなタイプって思ってた」

「そうか。――実はな、あの小竹さんの息子の所へ行ったのは、親父さんの依頼だったんだ」

「え?」

ルリ子は唖然として、「お父さんの? どうして……」

「お前も知ってるだろ、あいつと仲良くしてるのなら。父親は息子にボスの座を継いでほしいと思ってる。しかし、達雄はまるでそんな気がない」

「それは聞いたよ。でも、達雄さんはそんなことに向いてない」

「まあ、それは確かだ。しかし、小竹さんにとっちゃ、息子が継いでくれないと、誰か他のグループに乗っ取られることになる。何とか、息子にやる気を出させたかった」

「それで大町さんが?」

「命を狙われるって経験をすりゃ、自分がいやでも『その世界』の人間だと分る。そうすれば、腹をくくって父親の仕事を学ぶようになるだろう」

「はあ……。何となく分るけど、どう頑張っても無理なことってあるよね。人間、向き不向きがあるもの」

「お前の言う通りだ。しかしな、小竹さんのように、他の世界のことなんかほとんど知らずに生きて来た人には、『やればできる』としか思えないのさ」

「それで、もう一度?」

「諦め切れないんだな。もう一回、危機一髪ってところを経験したら気が変るかもと思ったんだろう」

「そんな……。でも、顔の知れてる大町さんにどうしてまた頼んだの?」

「別の奴に頼めば、それだけ秘密を知られることになる。俺は小竹さんを、以前から知ってるんだ」

「でも、もう無理じゃない？」

「そうだな。小竹さんには諦めてもらうしかないだろう」

そのとき、二人が身を潜めているタオルの山がドッと崩れた。大量のタオルが取り出されたのだ。

二人は身を伏せて、何とか見られずにすんだが、大町は息をついて、

「隠れちゃいられないな。――お前はここにいろ。俺が出て行って、少ししたら出ればいい」

「でも――捕まるよ」

「そのときはそのときさ」

大町はルリ子の頭をポンと叩くと、「画家になったら、絵の一枚も買ってやるぜ」

と言って、ルリ子が止める間もなく、タオルの山をかき分けて飛び出して行った。

働いていた女性が悲鳴を上げる。

「おい！　こっちだ！」

と怒鳴る声。

ルリ子は急いでタオルを押しのけて、床へ転り出た。

そのとき、少し離れた所で銃声がした。

あの人、撃たれたのかしら？

ルリ子は起き上ると、銃声のした方へと駆けて行った。

「捜せ！」

という声がする。「近くに隠れてるぞ！」

ルリ子は、廊下を駆けて来る大町を見て、

「大丈夫なの？」

と言った。

「逃げ道がない。戻って来ちまった」

と、大町は息を弾ませた。

「けがしてる！」

大町は左腕を押えていた。指の間から血がにじみ出ている。

「弾丸がかすったんだ。大したことない」

と、大町は言った。「お前、早く行け。俺のそばにいると危い」

「でも……」

ルリ子はちょっと考えていたが、「私のこと、人質にしてたのは、知らないおじさんだった」

「何だって?」

「そして、奥の方へ逃げてった」

と、ルリ子は今来た方へ目をやると、「だから、そこの洗濯機のかげに入ってて。私が出て行けば、警察の人は安心する」

「お前――」

「いいから! たまには子供の言うことも聞くもんだよ!」

大町は苦笑して、

「分ったよ。言う通りにしよう」

と言うと、大型の洗濯機のかげに身を潜めた。

そこへ、ドタドタと刑事がやって来た。

「私、ルリ子です!」

と、手を振って、「けがもしてない。大丈夫です」

「――ルリ子!」

金沢が駆けつけて来た。

「お父さん。何ともないよ、私」

「良かった!」

金沢はルリ子を抱きしめた。

「君をさらった男は?」

と訊いたのは淳一だった。

「あっちへ逃げました」

と、ルリ子は奥の方を指さした。

刑事たちが走って行く。

「寿命が縮まったよ」

と、金沢は息をついた。

「無事で良かった」

と、淳一は言った。「大町だったのか、そいつは？」

ルリ子は首を左右に振って、

「知らない人だった」

と言った。

「知らない人？」

淳一はちょっと間を置いて、「――そうか。分った。ともかく無事で良かった」

と言うと、刑事たちの方へ、

「今野刑事へは僕が連絡する。外を捜索している人たちへ知らせてくれ」

「承知しました」

――トオルもやって来て、

「ひと安心だな」

と、金沢の肩を叩いた。「杏の奴も心配してるぜ」

一階へ上ると、杏が待っていた。

「まあ！　良かったわね」

と、杏がルリ子に言うと、ルリ子の方は杏のドレス姿に目をみはって、

「凄い！　お姫様みたい！」

「まあ、ありがとう」

「お父さんがマネージャー？　ちゃんとやってる？」

「もちろんよ！　優秀なマネージャー」

「ふーん……」

「おい、ルリ子。お父さんのことを信じてないな？」

「だって、いつものお父さんを見てると……」

と言いかけて、「そうだ、達雄さんが心配してるよね。私、病室に行ってくる」

杏や金沢たちもゾロゾロと小竹達雄の病室へと向う。

ルリ子が病室へ入って行くと、

「聞いたよ！　無事で良かったな」

と、達雄が手を振った。「俺のせいかもしれないと思うと心配で……」

と言いながら、涙ぐんでいる。

そして、大勢病室へ入って来るのを見て、

「何ごとだ?」

「お菓子、落としちゃったんだ。明日、また持ってくるよ」

しかし、達雄はポカンとして、杏を眺めていた。

「俺、ディズニーのアニメにでも紛れ込んだのか?」

「まあ、色々あってな」

と、淳一が言った。「成り行きでこういうことになったんだ」

「成り行きか……」

達雄は、ちょっと不安そうに、「今夜、親父が何かやらかさなかったか?」

「杏ちゃんの身につけてた宝石が盗まれかけたが、ちゃんと戻った。何人か、押し入ろうとしたが、アッサリ捕まったよ。しかし、君のお父さんは手を出してないと思うがね」

「だといいけど……」

と、達雄は顔をしかめて、「親父は時代遅れなんだ。金と力がありゃ、何でもできると思っている」

「そういう連中は他にもいくらもいるぜ」

と、淳一は言った。「取り返しのつかないことをする前に、親父さんの考えを変えさせるんだな」

「そうだなあ……」

達雄は結構真剣な様子で、「でも、あの年齢で、ああいう性格だからな」

「きっとその内、お父さんも諦めるよ」

と言ったのはルリ子だった。「達雄さんに後を継がせること。だって、達雄さんは乱暴なことに向いてないんだもの」

「ありがとう」

達雄はルリ子を見て、「僕のこと、恨んでないのか？」

「まさか！　どうして恨むの？」

「いや……。君を危い目にあわせたくない。ここへ来ちゃいけないよ」

「平気だよ」

と、ルリ子は言い切った。「私は自分の行きたい所に行く！　ね、お父さん？」

言われて金沢がちょっと焦った。

真弓からケータイにかかって来た。

淳一は話を聞いていたが、

「――分った。頼んでみよう」

淳一は、ルリ子に、「どうだろう？　君と一緒だった男の顔を、また描いてくれるかい？」

「うん、いいよ」

ルリ子は病室の中のソファにかけると、新聞のチラシの裏に、鉛筆を走らせた。

十分ほどで、

「こんな感じ」

と、ルリ子が言った。

「――なるほど」

少し顎の張った、目の大きな男だった。

「――うまいもんだな」

と、達雄が感心している。

「大町じゃないな。誰か心当りは？」

と、淳一が訊くと、達雄は首を振って、

「知らないな。まあ、大体親父の腹心だってろくに憶えてないけど」

「そうか」

淳一は、ルリ子の頭にそっと手を置くと、

「君は利口な子だな」

と言った。

ルリ子が淳一を見る。――その二人の視線は、もしルリ子が十七、八になっていたら、真弓が嫉妬《しっと》しそうな雰囲気だった。

「役に立たねえ奴らだ！」

と、小竹悠一はもう何十回もくり返していた。

「あなた……」

妻のゆかりが、なだめるように、「そんなこと言ったって。——大体無茶だったんじゃないの？」

「ふん、三十億か。——はした金だ。そんなものが惜しいんじゃない」

「じゃ、何を怒ってるの？」

「お前には分らん」

小竹は、結局子分たちが手ぶらで帰って来たので、腹を立てていた。

しかし、相模が〈アリアドネの涙〉を盗み出したら、それを横盗りしようと思っていたのだから、相模がしくじれば、小竹の子分たちはすることがないわけだ。

居間のソファで、小竹は酒を飲んでいた。


「あなた」

と、ゆかりがやって来ると、「お客様よ」

「誰だ？」

そのときには、居間の入口に、もう加藤が立っていた。

「何だ、お前か」

小竹も、加藤が相模のグループを仕切っていることは知っていた。

「相模さんから散々叱られました」

と、加藤は言った。

「聞いたよ。捕まったのは？」

「ほとんど、臨時雇いでした」

「お前はやる気がなかったんだな？」

と、小竹は言って、「まあ一杯飲め」

「失礼します」

と、加藤はソファにかけると、「今度の失敗を、相模さんは小竹さんが妨害したせいだと思っています」

と言った。

「何だと？」

小竹もさすがに驚いて、「どういうことだ？」

「つまりは、自分の計画がまずかった、と認めたくないのです。周囲に、小竹さんが仲間を売ったと言いふらしています」

小竹は顔を赤くして、

「本当か」

「もちろん、分ってる人は、そんな話を信じません。ですが、若い者の中には——」

「裏切りだと！　許さん！　俺が裏切ってると言うのか」

「相模さんに言いつかりました」

加藤の手に拳銃があって、銃口が小竹に向いていた。

「俺を殺すのか？」

小竹は動じなかった。

少し間があって、加藤は拳銃をテーブルに置くと、

「さすがです」

と言った。「相模さんはもう終りですね」

「そうか」

小竹はニヤリと笑って、「本当は冷汗をかいてたぞ」

「そう見せるかどうかの違いです」

「よし。今からお前は俺の身内だ」

と、小竹は言った。

「よろしくお願いします」

と、加藤は一礼した。

「最初の仕事だ」

と、小竹は言った。「相模を殺せ」

「承知しました」

加藤はテーブルから拳銃を取ると、上着の下へ納めて、「では早速——」

玄関で、小竹ゆかりが加藤を見送った……。

小竹達雄はケータイに出て、

「ああ、母さん。どうしたの？」

「何とか止めとくれ」

と、ゆかりが言った。

「何だい、出しぬけに」

「お父さんがね、相模って人を殺せって、今言いつけてたのよ」

通話を聞いていた淳一が、

「誰に言いつけたんです？」

と、割って入った。「いつかお宅にお邪魔した者です」

「ああ、憶えてますわ。じゃ、息子の所に？」

「母さん、俺の命を救ってくれた人だよ」

と、達雄が言った。

「まあ、それじゃ何とかしていただけないでしょうか。加藤とかいう人がみえて——」

「加藤？　相模の手の男ですね」

「雇い主が変ったようでして」

「なるほど」

淳一はちょっと考えて、「分りました。間に合うかどうか、やってみましょう」

「お願いします！　これ以上、主人に罪をおかしてほしくありません」

加藤が手を下しても、小竹が命じたのなら自分で殺したのも同じだ。

淳一は病室を出ると、事情通の男へ連絡した。

「——さて、相模のケータイ番号までは知らないな」

と、相手は当惑していたが、「待ってくれよ」

「何か心当りが？」

「百合って愛人がいる。レイ子って子を小学校へ入れるんで、コネをつけてやった。その女の番号なら分る」

「頼む」

淳一はすぐに畑中百合へかけてみた。つながると
いいのだが――。

「はい、どなた？」

眠そうな声で女が出た。

「百合さんかね？」

「あんた、誰？」

「誰でもいい。相模はどこだ？」

「え……。ついさっきまで一緒だったけど」

「今は？」

「出かけたとこよ。二、三分前に。何なの？」

「すぐに隠れるように言え！　殺される」

「そんな――」

「加藤って男が殺しに行く」

「加藤さん？　あの人は相模の――」

「小竹に寝返ったんだ。相模を追いかけろ」

「え……。だって……私、裸なのよ」

「殺されてもいいのか」

「分ったけど。――あら、戻って来たの？」

と、百合が言った。

「ああ」

相模が戻ったらしい。「そこで加藤に会ってな。

話があるそうだ」

やられる！　淳一は大声で、

「加藤！　聞こえるか！」

と怒鳴った。

「何だ、そいつは？」

と、相模が言っている。

「加藤と替ってくれ」

と、淳一は言った。「百合さん、このままなら、
あんたも殺される」

「分ったわ。加藤さん、あなたに大事な話ですっ
て」

「俺に？」

少し間があった。「――加藤だ」

「もうポケットの中じゃ、拳銃を握ってるんだろうな」

「何だって？」

「警察に知れてるんだ。やればお前が捕まる。小竹はお前を見捨てるぞ」

「あんたは――」

「誰でもいい。ただ、もう殺し合いをする時代じゃないってことを知ってる男だ」

「どうしてそんな……」

「小竹の奥さんが頼んで来た。もう人を殺させたくない、と言ってな」

「奥さんが……」

「相模は相当な馬鹿だと思う。しかし、小竹だって同じくらい馬鹿だ。お前は二人の馬鹿のために、一生を棒に振るのか」

向うで、

「どうなってるんだ？」

と、相模が言っているのが聞こえる。

少し沈黙があって、

「――どうも」

加藤はケータイを百合へ返したようだった。

「失礼します」

「何だ、話があったんじゃねえのか？」

「またの機会に。――百合さん、その人によろしく言って下さい」

「おい加藤。――行っちまった。おい、誰からの電話なんだ？」

「いいのよ」

百合は淳一へ、「ありがとう」

と言った。

「男か？　おい、他に男を作ってるんじゃねえだろうな？」

淳一はちょっと苦笑して、

「おめでたい奴だ」

と呟くと、通話を切った。

17　盗難

「子供はもう寝なきゃ」

と言ったのは、真弓だった。

「子供じゃありません！」

と言い返したのは、金沢ルリ子である。

「あなた中学生でしょ。中学生は普通『子供』っていうのよ」

「私、普通じゃないもの」

「じゃ、何なの？」

「『元子供』の中学生」

「何よ、それ？」

「まあいいさ」

と、淳一が笑って、「中学生だって、たまには夜ふかししたいもんだ」

――小竹と相模の間での「流血の惨事」は何とか避けられて、その祝い（？）に夕食をとっている。

淳一、真弓に加えて、金沢とルリ子、そして久保田杏が一緒だった。

時間的にはもう真夜中に近いが、淳一たちの行きつけのイタリアンレストランはまだ開いていて、しかもほぼ満席の盛況。

ルリ子も、ワインはさすがに飲んでいないが、ノンアルコールのシャンパンなど飲んで、「大人の気分」を味わっていた。

「でも、〈アリアドネの涙〉も無事で良かったわね」

と、杏が言った。「身につけてる間、気が気じゃなかったわ！　私、やっぱりああいう役には向いてない」

「ドラマなら本物じゃないから大丈夫だろ」

と、金沢が言った。

「まさか、あんなお姫様みたいな役が来てないわよね」

「いや、TVであの姿を見たら、どこかのプロデューサーが、きっと杏にああいう役をやらせようと思い付く」

「やめてよ。金沢さんが言うと本当になっちゃいそう」

二人のやりとりを聞いていたルリ子が、

「お父さんがねえ……」

と、しみじみと、「人は見かけによらないっていうのね、こういうのを」

みんなが笑った。


淳一もホッとしていた。ダイヤが無事だっただけではない。あの加藤という男が相模を殺すのを止められたことが嬉しかった。

たぶん、小竹と相模はどっちもわけが分らなくてむくれているだろうが。

「あら、道田君からだわ」

と、真弓がケータイに出て、「もしもし。——今、食事中よ。君も来る？　——え？　どうしたって？」

真弓が緊張した。淳一はナイフとフォークを置いて、

「他の客がいる。外で話せ」

と言った。

「そうね」

真弓と淳一は急いでレストランの外へ出た。

「どうしたんだ？」

「切腹だわ」

「何だと？」

「課長がね、〈アリアドネの涙〉が盗まれたって。――もしもし、道田君？　今どこにいるの？　――え？」

「Sホテルです」

と、道田が言った。「男がベッドで死んでるんです。殺されたようで」

「誰が殺されたの？」

「それが、ええと、……尾畑京介《おばたきょうすけ》という男です」

「誰、それ？」

「僕も名前は知らなかったんですが、あのパーティで、ダイヤの鑑定をしていた鑑定士なんです」

「じゃ、あのパーティに出てたのね？」

「そうなんです。でも、まさか――」

「ともかくSホテルへ行こう、近くだ」

と、淳一が割って入った。

「そうね。道田君、私が五分で駆けつけるから、その状態で待ってて！」


五分じゃ、いくら何でも無理だろうと淳一は思ったが、焦っていた……。


結局、Sホテルの現場に到着したのは十五分後だったが、それでも驚異的な速さだったのだ。

「女と一緒だったのね」

と、真弓は言った。

Sホテルのスイートルーム、寝室の大きなベッドに、上半身裸の男が仰向けに倒れていた。

「――毒殺だね」

と、いつも淡々としている矢島検死官が言った。「毒物の種類は、解剖してみなければ分らんが、たぶん、このグラスと係りがあるだろうな」

ベッドの傍のテーブルに、ワイングラスが二つ、並んでいた。

「二つとも置いてあるってのは妙だな」

と、淳一が言った。「しかも中にワインが残ってる」

「普通なら、グラスも中のワインも処分するわね」

と、真弓が肯いた。「――道田君、例の〈アリアドネの涙〉が偽物だって、どうして分ったの？」

「ダイヤを日本に置いている間、管理している宝石商が、戻って来たダイヤを念のために調べたんです。それで偽物と分って、大騒ぎになり……」

「――私どもで、尾畑さんを捜したんです」

ホテルの部屋へ駆けつけて来ていた、宝石商の堀《ほり》という男が汗を拭きながら言った。

「それで？」

「あの会場で一旦盗まれた〈アリアドネの涙〉が見付かったとき、本物と断言したのは尾畑さんでした。その後、ダイヤは私どもが持ち帰ったので、途中で盗まれたわけはありません。そこで……」

「パーティで、尾畑さんが嘘を言った、というわけね」

「そんなことがあるとは……。長いお付合でしたから。でも、一応連絡しようとしましたが、連絡がつかず……」

「その間に、ここへルームサービスを届けに来たボーイが、死んでいるのを発見したわけです」

と、道田が言った。

「警察からご連絡をいただいて、ここへ駆けつけて来ました」

と、堀は言った。

「では、むだだろうが、尾畑さんの持物や、この部屋にダイヤがないか、捜索することだな」

「あの――それで、お願いなんですが」

と、堀があわてて言った。「〈アリアドネの涙〉が盗まれたことは、内密にしていただけないでしょうか」

「何ですって？」

「あれを盗まれたとなったら、私どもの信用が……。

もう今後宝石商としてやっていけなくなります。そうなったら、私は責任者として切腹しなくては……」

真弓は「切腹」と聞いて、

「そう……。二人も切腹するんじゃ可哀そうだわね」

「は？」

「いえ、何でもないの。あなたの辛い立場はよく分るわ。ずっと隠しておくのは無理ですよ」

「はい、それは……。〈アリアドネの涙〉を返却するまで一週間あります。その間に何とか……」

必死の思いで訴える堀の肩を、真弓は軽く叩いて、

「安心して。警視庁の誇る捜査一課長がついてるわ」

と言った。

「はあ……」

それで安心できたとも思えないが、堀は汗をハンカチで拭った。

――しかし、当然のことながら、ホテルの部屋から、〈アリアドネの涙〉は見付からなかった。

運び出される死体を見送りながら、

「あなた」

と、真弓が淳一をつついた。「まさか……」

「あんな物に手は出さないと言ったろう」

と、淳一は小声で言った。「しかし――盗んだ者も、どうせ売れないことは分ってたはずだ」

「買い戻させる？」

「あの宝石商にか？　そんな大金は用意できまい」

「それじゃどういうことになるの？」

廊下に呆然と突っ立っている堀へ、

「あのダイヤに保険はかけてあったのか？」

と、淳一は訊いた。

「いいえ。ともかく高価過ぎて、とても保険料が決められません」

「そうだろうな」

淳一は、真弓に、「TVが入ってたな、あの会場に」

「ええ」

「その映像を見せてもらえ。手がかりになるものが映っているかもしれない」

「そうね！　すぐ連絡するわ」

――二人がホテルのロビーに下りて行くと、金沢たちが待っていた。

「――どうなったんですか？」

と、杏が訊いた。

「内緒よ。例のダイヤが盗まれた」

「まあ……」

杏が啞然とした。「私のせいかしら」

「どうして杏のせいなんだ？」

と、金沢が言った。

「私みたいな女が身につけたんで、ダイヤの方で怒って隠れちゃったのかも」

冗談でなく、大真面目に言っている。淳一は杏の肩に手をかけて、

「君なら、ダイヤの方で惚れ込んで離れたくないと言うさ」

「ありがとう……」

杏はポッと頰を染めた。

「しかし……」

と、淳一は言った。「残念なのは、ついに死人が出てしまったことだ」

「そうですね……」

と、杏も目を伏せて肯く。

「どんなに宝石が輝いて、美しく、高価でもそのために人を殺すほどの値打はない。人の命こそ最高の宝石だよ」

「本当に……。でも……」

「現実は、人が殺された。人の命より何億円かの石

の方が大切だと思う人間がいるということだ」

「私が何かお役に立てるでしょうか」

と、杏が言った。

「ありがとう。——もし必要になったら、そう言うよ」

と、淳一はやさしく言った。

そして、ふと考えた。——長くは考えなかった。

「杏ちゃん。君の助けが必要になるかもしれない」

「いつでも言って下さい！　私、お役に立ちたい」

「でも、スケジュールってものがあるんだよ」

と、金沢がちょっとあわてたように言った。

「でも、人が亡くなってるのよ。仕事はキャンセルしてもいいわ。私なんか、どうせいてもいなくても同じようなものだわ」

「いいかい、杏」

と、金沢がため息をついて、「君はもう少し自分の立場を分っておかないと。君はもう立派なスターなんだ」

「違うわ」

と、杏が真顔で言った。「金沢さんだって分ってるじゃないの。私はたまたまこうなっただけよ。私にはスターになってスポットライトを浴びる資格なんてない」

「杏……」

金沢が目を伏せた。——ルリ子が、

「お父さん、何かいけないこと、したの？」

と言った。

「ルリ子、何を言い出すんだ」

「だって、前にお父さんがそういう顔したの、若い女の人と浮気したのがお母さんにばれたときだったよ」

「あら大変」

と、真弓が言った。「それじゃ金沢さんを逮捕しなきゃね」

「その前に、〈アリアドネの涙〉を見付けなくてはな」

と、淳一が言った。

「何かあてがあるの?」

と、真弓は眉をひそめて、「私にまず話してよ」

「そういうわけじゃないが」

と、淳一は言って、「ああ、ちょうどやって来たな」

エレベーターから出て来たのは、宝石商の堀だった。

「――堀さん」

と、淳一が呼んで、「〈アリアドネの涙〉ですが、その偽物は、ちょっと見たぐらいでは本物かと思えるほどよくできているんですね?」

「ええ、そうです。あのまま、偽物と分らずに返してしまったら、大変なことになるところです」

と、堀が言った。

「なるほど」

と、淳一は言った。「そんな、見分けのつかないような偽物を作るのは、そう簡単じゃないでしょうね」

堀が目をパチクリさせて、

「なるほど。それはそうです」

「そっくりに作るためには、写真や映像だけでは難しい。実物を見て、その大きさや重さを知っておかなくてはなりません」

と、淳一は言った。「誰かに、〈アリアドネの涙〉を見せたことはありませんか?」

「さあ……。あれを取り扱える人間は、ごく限られていますが……。私は誰にも見せていません」

「おそらく、他の方々も、『見せていない』とおっしゃるでしょうね」

「それじゃ、犯人に協力した人間がいるってこと?」

と、真弓が言った。「射殺してやるわ!」

「まあ、落ちつけ」

と、淳一がなだめて、「慎重に当ってみることだ。要は、〈アリアドネの涙〉を取り戻せばいいんだからな」

「それはそうだけど……」

と、真弓は不満げだ。

「どんなものかな?」

と、淳一は金沢に向けて言った。「この杏さんを中心に、TVでちょっとしたイベントを企画できませんか」

「は?」

金沢は面食らったように、「イベントですか……。確かに、TV局のお偉方にも杏は気に入られています。話次第では、企画に乗ってくるかもしれませんん」

「え? でも——」

と、杏が目を丸くして、「そんなこと……。できるの、本当に?」

「持って行き方だよ」

と、淳一は言った。「いくつかの局に『他の局で、こういう企画が持ち上ってるんですが』と、幹部の耳に入るように情報を流す。そうすれば、『他の局で先にやられるのは、面子《メンツ》にかかわる』と思う人間が必ず出てくる」

「そいつは面白い!」

と、金沢が言った。「いや、TVの人間は、他局に抜かれるのを嫌いますからね。やってみましょう」

「でも——何をするの?」

と、杏が困惑顔で、「私、大したことできないけど……」

「〈アリアドネの涙〉だよ」

と、淳一は言った。

「でも、今は失くなってるんでしょ?」

「そっくりな偽物はある。専門家だって、ちょっと見たぐらいでは見分けがつかないんだ。それを借りて、杏さんにつけてもらう」

「え？　でも、私——」

「何か考えがあるのね」

と、真弓が言った。

「盗んだ犯人は、杏さんが〈アリアドネの涙〉を身につけてTVに出たら、びっくりするだろう。そして不安になる。自分の持っている方が偽物じゃないかと」

「それは……」

と、真弓が目を丸くすると、

「分ってるとも。これは警視庁捜査一課、今野真弓刑事のアイデアだ」

「え……まあ……そうだったわね。あなたに話したの。忘れてたわ」

と、真弓が言った。

「面白い！」

と、ルリ子が喜んで、「真弓さんって天才ですね！」

「まあね。ときどき自分でも怖くなることがあるのよ」

と、真弓は言った。

「かの名ドライバーの力も借りよう」

と、淳一が言った。

「トオルですか？　きっと喜んで協力しますよ」

と、金沢が肯く。

「ちゃんと見せ場を作ろう。スーパーカーを何台か用意して」

「ノーギャラでも出ますよ、トオルは」

「私も出たい！」

と、ルリ子が手を上げて、「私の見せ場、ある？」

「堀さん、お願いしますよ、そちらのお持ちの石を借りられるように」

「バーって、私の飲めるもの、ある？」

ルリ子が心配そうに言った……。

「分りました。それが本物を取り戻す助けになれば……」

「それじゃ、ひとつこのホテルのバーで、打ち合せをしない？」

真弓がすっかり乗り気になっている。

そこへ道田がやって来ると、

「真弓さん、ホテルの人に話を聞きますよね？」

と言った。

「待って。それは後回し」

「は？」

「これから重大な捜査会議を、このホテルのバーで開く。道田君も参加して」

「分りました……」

「すぐバーのテーブルを予約。お話は極秘だから個室ね。押えて来て！」

「はい！」

道田がエレベーターへと駆け出した。

18　下準備

「すぐに乗って来ましたよ」

と、金沢が汗を拭きながら言った。

「お父さん、こんな寒いのに、汗かいてるの？」

とルリ子に言われて、金沢はちょっと渋い顔になった。

「俺はもともと気が小さいんだ！」

「うん、知ってる」

ルリ子がしっかり肯いて言ったので、テーブルに笑いが起った。

ホテルのバーの個室での「作戦会議」で、まず金沢が杏と〈アリアドネの涙〉のイベントを、TV局へ売り込んで来たのである。

「電話だけでプランが通るとは思わなかったな」

と、金沢はテーブルに戻って、飲みかけだったジンジャーエールを飲み干した。

「杏ちゃんの人気だね」

と、ルリ子が言った。

「私なんて……」

と、杏は言いかけたが、ルリ子が、

「もう、それを言っちゃだめだよ」

「え？」

「杏ちゃんのために、大勢の人が一生懸命今働いてるんだから。杏ちゃんがそれに値《あたい》するスターなんだってとこを見せてあげないと」

「おい、ルリ子、子供がそんなこと言うもんじゃない」

と、金沢が苦笑したが、

「いいえ」

と、杏が言った。「ルリ子ちゃんの言う通りだわ。私は私なりに、期待に応えなきゃいけないのね」

「あなたには充分その輝きがあるわ」

と、真弓が言った。「私にだって負けてないわよ」

淳一が咳払いして、

「では、どういうプランにするか、考えようじゃないか」

と言った。

「――失礼」

個室のドアが開いて、立っていたのはトオルだった。

「トオル、どうしたんだ？　ここへ来なくても――」

「車が出るイベントに俺を誘っといて、打合せに加わらないわけにいかないぜ」

と、トオルは言った。「思い切りぶっ飛ばしてやる！」

「残念ながら、日本じゃ警察がうるさくて、そう『ぶっ飛ばす』わけにはいかないよ」

と、淳一が言った。「しかし、多少の無茶なら、ここにいる刑事さんが目をつぶってくれるかもしれない」

「とんでもない！」

と、真弓が言い返した。「車は、ちゃんと制限速度を守って走るべきよ！　何のために制限速度が決ってると思ってるの？」

「でも、現実に、高速じゃみんな20キロオーバーで走ってるよ」

と、トオルが言うと、真弓は、

「もし、そういう車を発見したら、即座に逮捕する」

と、宣言して、それから付け加えた。「発見したらね」

「要するに、見付からなきゃいいってことだね」

と、トオルは言って、ウインクした。

「だけど、トオルがスーパーカーを走らせるような場面があるの？」

と、杏が、ふしぎそうに言った。

「そのプランをこれから考えるのさ」

と、淳一は言った。「いや、もちろん詳細はここにいる今野真弓刑事のアイデアだがね」

真弓がちょっと咳込んで、

「私、今喉の調子が……。夫が私に代って説明するわ」

と言った。

「要は、うんと派手に盛り上げて、果してどっちが本物の〈アリアドネの涙〉か、犯人を混乱させることだ。もしかすると、自分の手もとにあるのは偽物かもしれない。そう思ったら犯人はどうするか？」

「どっちも盗む」

と、ルリ子が言った。

「正解だ！　君は頭がいいね」

ルリ子が、ちょっと得意げに上を向いた。

「──しかし、犯人としては、捕まる危険をおかしてまで盗むかどうか、悩むだろう。そこで、だ……」

淳一の話に、集まった面々は思わず身をのり出して、聞き入った……。

「あなたは馬鹿ね」

──知らない女からの電話に出て、いきなりそう言われたら、誰だって怒るだろう。

加藤も当然、

「何だと？　誰だ、お前！」

と、ケータイが壊れそうな勢いで言った。

「勘違いしないで。私はあなたのためを思って言ってるのよ」

その女は愉しんでいる風で、「お人好しだって言ってるの」

「どういう意味だ」

ムッとしながらも、女の話に耳を傾けたのは、加藤自身、「下手なことをやっちまった」と思っていたからだ。

相模を見限って、小竹についたはいいが、相模は殺せず、といって、今さら相模の下に戻るわけにもいかない。

結局、小竹からも相模からも縁を切られてしまった格好だ。

今は小さなバーで、一人でやけ酒の最中だった。

「知ってるわよ。相模とも小竹とも、ギクシャクしちゃったのね」

「だからどうしたっていうんだ」

「私は別にどっちにも味方しないし、借りもない。だから、あくまで客観的に言うわね。あなたの方が、相模より、小竹より頭がいい」

「そいつはどうも。お世辞言っても、何も出ないぜ」

「お世辞じゃないわ。自分だって、そう思ってるでしょ？」

「まあ……確かに」

「じゃ、あなたが二人に取って代ればいいのよ」

加藤は面食らって、

「気は確かか？」

「もちろん。今、あなたに必要なのは、人を集めて、自分の組織を立ち上げること。それにはお金がかかる」

「そうさ」

「じゃ、もし、それに充分なお金が手に入ったら？

あの二人を消してでも、ボスになる度胸はある？」

加藤はすっかり酔いがさめてしまった。

「お前、本気で言ってるんだな」

「当り前よ」

「つまり——そういう金が手に入る手段を知ってるってことか」

「その通りよ」

「——どうだ。ここへ来て一杯やらないか？」

「そんな内密の話を？　頭のいい人なら、いちいちお酒なんか飲まなくても、話ができるわ」

「なるほど。それで——」

「〈アリアドネの涙〉」

と、女は言った。

「——何だと？　あれはもう手の出せない所にしまい込まれてる」

「ところがね、ＴＶで、〈アリアドネの涙〉を使ったイベントが企画されてるの。必ず盗み出すチャンスはあるわ」

「本当か？」

「あんな有名な宝石は売りに出せない。でもフランス政府に買い取らせれば、十億円にはなる」

「十億か……」

「それだけあれば、命知らずの連中を雇ってあの二人を潰すのに充分でしょ」

加藤は、女の話に、ただの空想物語でないものを感じていた。

「お前は何者だ？」

「誰でもいいわ。相模や小竹みたいな、頭の悪い人間が偉そうにしてるのを見てると腹が立つの」

「俺もだ」

「結構ね！　じゃ、ＴＶの企画の詳細が分ったら知らせてあげる」

「分った。俺はどうしていればいいんだ？」

「待っていて」

と、女は言った。「あなた一人でもやるっていう決心をしておいて」

「ああ、もちろんだ」

「頼もしいわね！　信じてるわよ、あなたの腕を」

「信じてくれていいぜ。俺はこれに賭けてみる」

と、加藤は力をこめて言った。

ＴＶ局の廊下で、

「おい、杏」

と、声をかけたのは、松田だった。

「あ、松田さん」

杏は嬉しそうに、「今日は何の仕事ですか？」

「いや、局長から呼ばれてね、君の特番をやれと言われたんだよ」

と、松田は言った。「まあ、よろしく」

「こちらこそ！　楽しみです」

と、杏は楽しげに言った。

「ああ、俺もだよ」

と、松田は笑顔で言った。

杏と一緒にいたＡＰが、

「急いで下さい！　遅れますよ」

と、杏をせかした。

「じゃ、松田さん――」

「うん、打合せのときに」

という松田の言葉は、杏の耳に届かなかっただろう。

足早に行ってしまう杏の後ろ姿を眺めていたが、松田はやがて、

「すっかりスターだな」

と呟いた。

あの番組のロケで、杏を置き忘れて帰って来てしまったのは、ついこの間のことだが。今、杏は人気が急上昇しているスターだ。

「イベントだ……」

杏と、あのダイヤ〈アリアドネの涙〉を主役にしたバラエティ。

「当てて見せるぞ」

と、松田は自分に言い聞かせるように言った。

ＡＰから一人前のプロデューサーに昇格した松田だったが、手がけた番組はどれも今ひとつだった。

局長からは面と向って、

「もうちょっとできる奴かと思ってたぞ」

と言われた。

焦っていた。このまま、とんでもない部署に回されたら、二度と制作の現場には戻って来られまい。

「杏のイベントを、ぜひやらせて下さい！」

と、松田の方から頼んだのだ。

渋々ではあったが、局長に、

「それほど言うなら、やってみるか」

と言わせるのに成功した。

「よし……」

と、松田は息をついて、廊下を歩き出したが――。

ケータイが鳴って、

「はい、松田」

と出ると、

「あなたには、才能の他に、幸運が必要ね」

と、女の声が言った。

「何？　誰なんだ？」

「杏ちゃんをうまく使わないと失敗よ。ただ平凡な企画を並べても、プロデューサーは評価されない」

「大きなお世話だ」

と、松田は不愉快なのを隠そうともせず言った。

「いいことを教えてあげようと思ったのに。まあ、ご自分の手腕がどの程度か、思い知ることになるでしょうね」

「おい……。何のつもりだ！」

「そのイベントで、とんでもない事件が起きるわ」

「何だと？」

松田は苛々と、「誰なんだ？　いい加減なことを言って――」

「信じるのも、信じないのも、あなたの自由よ。後で、『あの女の言うことを聞いておけば良かった』って悔んでも、私を恨まないでね」

その女の言い方には、ただのいたずらでない「迫力」があった。――そうだ、信じておいても損はないだろう。

「――分った」

松田は足を止め、近くに人がいないのを確かめると、「信じるよ。で、何が起るっていうんだ？」

「〈アリアドネの涙〉が盗まれる」

と、女は言った。

「こんな時間が、いつまでも続くといいけどな」

と言ったのは、小竹達雄だった。

「そう？」

と、金沢ルリ子は紅茶を飲みながら言った。

「そうさ！　ルリ子ちゃんとこうして話してると、本当に幸福なんだ」

と、達雄は、ルリ子が買って来たクッキーをつまみながら、穏やかに微笑んだ。

――達雄の病室である。

見舞に来たルリ子は、ベッドに起き上った達雄と向い合っていたが……。

「でも、達雄さん、いつまでも続くことなんてないと私、思うわ」

「ルリ子ちゃん――」

「私も今はまだ十四歳の中学生だけど、あと数年したら、こうやってただおしゃべりしてるだけじゃすまないかもしれない」

「そんな……。ルリ子ちゃんは僕の永遠の憧れだよ。いつまでもそのままでいておくれ」

ルリ子は首を振って、

「私は大人になる。あなたも変らなきゃいけないわ」

「ここを出て？」

「そう。ここを出るのが第一歩」

「いや、僕は……。ずっとここに――」

「三十、四十になっても？　そうはいかないわ。――ね、達雄さんにとっちゃ、私はまだ〈女の子〉でしょ？　でも私はいつか〈女〉になる。遠からずね。そのとき、達雄さんが今のままだったら、私はもうここに来られない」

「ルリ子ちゃん……。時間を止められないのかな」

「できないわよ、そんなこと。あなたのお父さんもお母さんも、いつまでも生きてない。いずれ、あなたはここを出なきゃ」

「うん……。でも、考えたくないな。だってすぐそんなときが来るわけじゃない。そうだろ？　それまで、まだ何年もあるよ……」

「どこかで踏み切らなきゃ！」

と、ルリ子は達雄の方へ身をのり出して言った。

「うん……。でも今日でなくたっていいんだ」

「今日でもいいじゃない」

「まあ……そう言えばそうだけど、僕が何か力になれることが？」

「もちろんよ！」

と、ルリ子は真直ぐに達雄を見て、「ね、今夜、大冒険が見られるわ。あなたが、この前代未聞の出来事に立ち会うつもりがあるのなら、参加できるわ」

「そんなにすぐに？　でも――心の準備が……」

「じゃ、もう私とは会えないと思ってね」

「そんな！」

達雄は目を見開いて、「絶対に無理だよ、僕」

「じゃ、思い切って、ここを出るのよ」

「出て、どこへ行くの？」

「私が案内してあげる。命がけかもしれないから」

中学生の女の子と二人、身仕度を整えて、ルリ子からの合図を待つ。

それはふしぎに体の中が熱くなるようで、達雄は、

「入院するより楽しいかもな」

と呟いたのだった……。

19　助走

「これは、日本人の美意識、美しいものを愛する心にフランス国民が深く感動したことの証です！」

　ＴＶカメラに向って、上気した顔で力強く宣言しているのは、〈アリアドネの涙〉を預かる宝石商の堀だった。

　素人《しろうと》である。ただでさえ、「ＴＶに出る！」というので緊張していたが、いざ本番となると、自分でもびっくりするほど舌が滑らかになって、スラスラと言葉が出て来た。

　しかも台本になかった、

「〈アリアドネの涙〉は、再び杏さんの身を飾ることができて、喜びに一段とその輝きを増しているようです！」

　という讃嘆の言葉まで、アドリブで付け加えていたのである。

　ＴＶスタジオにファンファーレが鳴り渡った。

　これも、テープやＣＤではない。本物のオーケストラの団員を数十人も雇っての生演奏だった。

　ライトが、壇の上に立つ杏を照らす。そして、突然連れて来られた二枚目スターが、白いタキシードを着せられて、杏の首に〈アリアドネの涙〉を掛けた。

　スタジオに急遽《きゅうきょ》集められたタレントたちの拍手が響く。そして、〈アリアドネの涙〉はまばゆいほどにきらめいた。

「みごとね」

と、モニターを見ていた真弓が言った。

「ベテランの照明さんと、何度もあれこれ試したんです」

と、金沢が言った。「どうライトを当てたら、一番よく輝くか」

「さすがプロだな」

と言ったのは淳一である。

自ら「盗みのプロ」を自認する淳一は、他の世界でも「プロの業」を見せられると感心する。

「これでいい」

と、淳一は肯いて、「これを見て、偽物だと思う奴はいないだろう。〈アリアドネの涙〉を盗んだ奴も、ショックを受けてるはずだ」

「うまく引っかかるかしらね」

と、真弓が言った。「手配はしてあるわ。もし犯人が現われたら、一斉射撃よ！」

「おい、待て。何より大切なのは、杏ちゃんの身の安全だ」

「分ってるわよ。どうせなら、防弾チョッキを着せておきたかったけど」

「あのドレスの下にか？」

と、淳一が苦笑して、「ともかく、もし本物を盗んだ奴が現われても、撃つな。この先に流血はふさわしくない」

「あら、そう。腕の見せどころだと思ってたのに」

と、真弓が肩をすくめた。


本当に盗みに来るんだろうか？

プロデューサーの松田は、得体の知れない女の言葉を信じてしまった自分を呪っていた。

失敗したら、大変な損害になる。プロデューサーの肩書どころか、この局にいられなくなるだろう……。

　華やかな舞踏会に忍び込んで来る泥棒。それは、フィクションとしてなら、最高にロマンチックだ。

　でも、本物の強盗が？　もし発砲でもされて、けが人が出たら、ＴＶ局は責任を問われることになる。

　そして、「責任者」は松田である。

　しかし――もう始まってしまったのだ。

「大舞踏会の始まりです！」

　と、司会者の声が響くと、広いスタジオのフロアが溢れるような光に照らされて、華やかな舞踏会が出現した。

　タキシードの男性、ドレスの女性。――ワルツの音楽が弾むように流れた。フルオーケストラではないが、数十人の本格的なオーケストラがウインナワルツを演奏すると、男女のカップルがフロア一杯に広がって舞う。

　プロデューサーの松田としては冷汗ものである。

　クラシックのオーケストラを雇って演奏させ、ワルツを踊っているのは伝統あるバレエ団の団員たち。

　これだけのギャラも相当なものだ。そして、そのフロアの中央に、〈アリアドネの涙〉を身につけた杏が、バレエ団のトップダンサーの男と組んで踊る。

「――大した奴だ」

　と、フロアから少し外れて眺めていた金沢が呟いた。「杏は、ほんの十分かそこら、バレエ団の人からワルツを習っただけですよ」

「みごとに踊ってるな」

　と、淳一は肯いて言った。「集中力が並外れてるんでしょう」

「俺だって」

　と、一緒に眺めていたトオルが言った。「車なら、どんな車でも五分で乗りこなして見せるぜ」

　ワルツが一曲終ると、ゆっくりしたダンス音楽になって、ワルツには歯が立たなかったタレントたちがフロアに出て踊り始める。といっても、ただ音楽に合せて動いているという手合も多かったが。

「トオル君」

と、淳一が言った。「君の愛車は、いつでも出られるかい？」

「うん。ちゃんと点検してあるよ」

「じゃ、準備しておいてくれよ。もうすぐ出番がくるだろう」

「分った」

「打合せの通りにね」

「承知してる」

トオルも、今はすっかり「運転のプロ」として、自覚を持った男の顔立ちになっていた……。

そこへ、

「すてきね！」

と、声がして、金沢はびっくりした。

「ルリ子！　どうしたんだ？」

「社会見学よ」

「何だって？」

ルリ子が手を引いて、照れくさそうにして現われたのは――。

「小竹達雄さんじゃないか」

と、淳一もさすがにびっくりして、「病院から出てこられたんだね」

「ルリ子ちゃんのおかげでね」

と、達雄は言った。「外の空気ってのも、いいもんだ。――やあ、ワルツか」

曲は再びワルツになっていた。

「達雄さん、踊れるの？」

と、ルリ子が言った。

「ああ。小さいころ、お袋が社交ダンスにこってさ、レッスンについていってったんだ。見てる内に覚えちまった」

「じゃあ、踊ろう！」

「え？　でも――」

「いいじゃない！　恥ずかしくないよ！」

ルリ子が、達雄の手を引張ってフロアへ出て行く。

金沢が呆気に取られて、

「ルリ子の奴……、あんな不良と……」

と、グチったが、当人はいとも楽しげに、達雄と組んでワルツを踊り出したのである。


「――あなた！」

と、小竹ゆかりが大声を出したので、ソファでウトウトしていた小竹悠一は、危うく床に落っこちるところだった。

「何だ、急にでかい声を――」

「見て！　達雄がＴＶに出てる！」

「何だと？　また狙われたのか」

「違うわよ！　ほら――ワルツを踊ってるわ！」

ＴＶを見て、小竹は目を疑った。

「あいつが……どうしてだ？」

「私のダンス教室について来てたから。――見て、しっかり踊ってるわ。相手の子はちょっと若過ぎるみたいだけど」

「何だ？」

ゆかりは目を輝かせて立ち上ると、「〈生中継〉って文字が出てるわ。今、踊ってるのね。あなた！」

「ＴＶ局に行くのよ！　車を出して！」

「いきなり何だ？　行ってどうしようって……」

「あの子が、ＴＶに出て踊ってるなんて！　じっとしてられないわ！」

「じゃ、勝手に行け。俺はいやだ」

と、小竹は渋い顔で言った。

「つべこべ言わないで、行くのよ！」

ゆかりが、爆発しそうな声を出した。

「――分った！　そんな大声を出すな」

「早くして！」

「しかし、このガウン姿じゃ――」

「あなたがＴＶに出るわけじゃないんだから、何だっていいわよ！　車を早く――」

「分ったよ！」

小竹は子分を呼んで、すぐ車で出る、と言った。

すると、ゆかりが、

「待って！」

「何だ？」

「私、着替えて行くわ！　万に一つ、ＴＶの画面にでも映ったら、この格好じゃ」

ゆかりは、居間から猛然と駆け出して行った。


「ルリ子ちゃん！」

フロアでワルツを踊っていた杏は、すぐ近くにルリ子を見て、目を丸くした。

「楽しいわね！」

と、ルリ子が言った。


「ワルツをいつ覚えたの？」

「覚えてない。達雄さんについて行ってるだけ！」

「まあ」

ルリ子は、それでもすぐに達雄の動きに合せて踊れるようになった。

「ルリ子……」

金沢が呆然として、「どうなってるんだ」

「子供はいつまでも子供じゃないってことだね」

と、淳一が言った。

「私も踊りたいわ」

いつの間にか、真弓が淳一のそばに来ていた。

「あなた、ワルツも踊れるでしょ？」

「そりゃ踊れるが、今は仕事が先だろ」

「分ってるわ、訊いてみただけよ」

と、真弓は言った。

「それで――」

「しっかり見てるわ」

と、真弓は少し声をひそめて、「外の駐車場の隅に車が」

「やっぱりそうか。目をつけるならあそこだろうな」

来客用の表の駐車場は、出入口だけしかチェックしない。しかし、奥の一番隅は、柵が切れていて、斜面を上ると、そのまま外の道路へ出られるのだ。

淳一のように、目のきく泥棒なら、そこから逃亡しようと考えるはずだ。

「入って来た奴はいるか?」

「カメラが捉えてるわ。今、こっちへ向ってる。でも一人よ」

「そうか。――あんまり騒ぎを大きくしたくないんだろうな」

「次はどうなるの?」

「杏ちゃんに近付くことだ。この曲の後、踊りが一旦休みに入って、杏ちゃんはフロアの外で汗を拭いてメイクを直す」

「そこが狙い目ね」

「そうだ。しかし、同時に杏ちゃんが傷つけられる危険もある。――やって来るのが加藤なら、そう馬鹿なことはしないだろうが」

と、淳一は言った。

真弓がイヤホンへの連絡を聞いて、

「――道田君からよ。加藤が地下の作業用出入口から中へ入ったと」

淳一はニヤリと笑って、

「全く、教科書通りにやる奴だな。いずれ捕まる運命だ」

と言った。

ワルツが終った。拍手が起る。

フロアの照明が半分ほどに落ち、スポットライトが番組の司会者に当った。

「ああ、暑っ！」

杏はスタジオを出ると、メイク室へ入って行った。

短い休憩だが、ドレスを替えることになっている。

「汗をかいたか？」

と、待っていた金沢が言った。

「そりゃそうよ。でも、お風呂に入ってる暇はないわ。金沢さん、ちょっと出てて」

「分った。何かあったら呼んでくれ」

メイクの女性が、手早くネックレスを外して、鏡台の前に置く。

杏はドレスを脱いで、タオルで汗を拭いた。

「——大丈夫。替えのドレスを」

と、杏が言った時だった。

メイク室の壁に突然音をたてて、穴が開いた。

「キャッ！」

と、悲鳴が上る。

「どうした！」

金沢がドアを開けて飛び込んで来ると、鏡台の前の〈アリアドネの涙〉を誰かがつかんで持ち去るところだった。

「待て！」

と、金沢は怒鳴った。「——杏。大丈夫か？　けがはないか？」

「ええ、壁を破って来るなんて」

と、杏が目を丸くしている。「ね、ダイヤが——」

「心配ない。今野さんたちが心得てる」

と、金沢は言った。

加藤は、表の駐車場へ出ると、隅のスペースに置いた車へと、全力で走った。

「待て！」

と、ガードマンが数人、追って来ている。

加藤は車へ飛び込むように乗ると、素早く車を出した。そして方向を変えると、急な斜面を一気に上って、外の道路へと飛び出した。

タイヤが音をたてて、車は猛スピードで走り出す。

そのとき——駐車場の一角から、唸《うな》りをたてて走り出て来たのは、オートバイだった。

「どけ！」

と、トオルは怒鳴りながら、加藤の車を追って、同じ斜面をもっと軽々と駆け上った。

そして、スポーツカー並みの強力なエンジンを具えたバイクは、加藤の車を猛然と追って行った。


「〈アリアドネの涙〉が——」

と聞いて、松田が青ざめた。

「放送するな！　まだ何とかなるかも——」

と、言いかけると、

「映像を切り換えるのよ！」

と、真弓が叫んだ。

「切り換える？」

「犯人の車を追っかけてるトオル君のバイクにカメラがセットされてる。追跡中の映像が見られるわよ」

「そうか！　おい、画面を切り換えろ！」

松田が大声で指示すると、モニターの大画面に、町中を疾走するオートバイのカメラの映像が出た。

「凄い迫力！」

と、声が上った。

やったぞ！　——松田は手に汗を握って、オートバイが逃げる車を追う映像に見入っていた……。

20　本物

「こんなはずじゃ……」

加藤は思わず口走った。

車の運転なら、誰にも負けない自信があった。

パトカーに追われても逃げ切れる、と読んでいたのだ。しかし──まさかオートバイに追われるとは。

しかも、警察の白バイではない。TV番組でスポーツカーを乗り回して人気のトオルとかいう若者だ。

加藤が必死で振り切ろうと、細い道を抜けたり、急な方向転換をしても、オートバイは楽々とついて来る。

加藤は追われる自分の映像が全国のTVで見られているとは、思ってもいなかった。


「トオルの奴、楽しんでやがる」

と、金沢が苦笑した。

広いスタジオでも、大きなモニター画面にトオルのオートバイのカメラからの映像が出ていて、居合せたタレントやダンサーたちが夢中で見入っている。

「凄いぞ！」

と、プロデューサーの松田がスタジオへやって来て言った。「凄い視聴率だ！　SNSでも、一気に盛り上ってる！」

着替えた杏がスタジオへ駆け込んで来て、

「トオルさん、大丈夫？」

「ああ、見ろよ」

と、金沢が言った。

「でも――事故、起さないかしら」

と、杏は気が気でない様子。

しかし、そんな心配をよそに、追いかけっこは続いていた。

そして――みんながモニター画面に見入っていて、気付かなかった。淳一が静かにスタジオを出て行ったことには……。


フッと車の背後からオートバイの姿が消えた。

加藤は運転しながら、左右へ素早く目をやったが、オートバイは見当らない。

まいてやったぞ!

加藤は大きく息を吐いた。しかし――そのとき、信じられない所から音がした。

車の天井をドスン、と叩く音がしたのだ。

「何だ?」

加藤は、ショーウィンドウに映る自分の車へチラッと目をやって、啞然とした。

いつの間にか、オートバイは車の上に乗っていたのだ。

「ふざけやがって!」

と、加藤は怒鳴った。

腹が立ったせいで、冷静な判断ができなかった。――ブレーキを踏めば、上のオートバイを振り落とせる、と思った。

そして、思い切り、ブレーキを踏んだのである。自分がどれくらいのスピードを出しているか、忘れていた。

車がストップする代りに横に滑った。

しまった! そう思ったときは、車のコントロールを失っていた。

しかも、振り落とすはずだったオートバイのトオルは、ショーウィンドウを見て、加藤が急ブレーキを踏むと察していた。

車が横滑りしたときには、もうトオルのオートバイは車の前方に着地していた。

「おっと！」

振り切ったトオルは、車が歩道に乗り上げて、街灯にぶつかり、さらに大きなショーウィンドウの一つを粉々に突き破っていくのを見て、「——やったな」

と言った。

「映ったかい？」

ヘルメットのマイクに向ってトオルは言った。

「見せ場だったわよ」

と、真弓が答えた。「加藤は？」

「車から出て来ないぜ。中でのびてるんだろ」

「二、三分でパトカーがそこへ行くわ」

と、真弓が言った。「救急車も必要？」

「そうだな。あった方がいいんじゃないか」

「じゃ、ヒマだったら行ってもらうわ」

と、真弓は言った。「それより、加藤が盗んだ〈アリアドネの涙〉を確保しといてくれる？」

「待てよ。それはそっちの仕事だろ？　俺は運転が仕事だから——」

「そう言わないで。ランチぐらいならおごるわよ」

「ケチだな」

「公務員ですからね」

「待ってな」

トオルはオートバイから降りて、加藤の車の方へと歩いて行った。

そのとき、杏がスタジオから叫んだ。

「トオル！　気を付けて！」

トオルは足を止めた。車の中で、加藤は額から血を流しながらぐったりと目を閉じていたが——。

トオルが立ち止ると、加藤は体を起こして、拳銃を手に、銃口をトオルへ向けた。

トオルの反射神経がものを言った。加藤が引金を引くより一瞬早く、横へ飛んで道路に転った。

銃弾はトオルのオートバイに当った。

「俺のバイクを！」

トオルは怒鳴ったが、そのとき、パトカーのサイレンが聞こえて来た。トオルは舌打ちして、

「しょうがねぇ、後は任せるよ」

と言った。「危うくやられるところだったぜ」

と、真弓に文句を言うと、

「そんなこと、当然用心してると思ったわ」

と、真弓は平然と言った。「杏ちゃんに感謝しなさい」

パトカーが三台、次々にやって来て、加藤の車を取り囲んだ。

「——分った。出て行くよ」

加藤が拳銃を外へ投げ出すと、車からフラつきながら出て来た。

「おい、けが人なんだ。大切に扱えよ」

「何言ってやがる」

と、トオルは苦笑して、「盗んだものを出しな」

「ああ……」

加藤はポケットを探ったが、「——おかしいな」

「おい、ふざけてるのか？」

「そうじゃない！　本当に……ここへ入れたのに」

トオルはマイクに向って、

「おい、どうやら本当に例のものを失くしたらしいぜ」

と言った。

「何ですって？」

真弓が怒った声で、「車の中を捜して！　バラバラにしてもいいから」

真弓の指示で、警官たちが加藤の車を調べ始めた。

「おい、けがしてるんだぞ、俺は」

と、加藤が文句を言った。「救急車はまだ来ねえのか」

「〈アリアドネの涙〉が見付かるまで、手当しなくていいからね」

と、真弓が言った……。


ＴＶ局の廊下をモップで掃除していた作業着の女性は、忙しく行き来する局員にしばしば手を止めながら、

「今夜は大変そうですね」

と、ＡＰの一人に言った。

「ああ、大騒ぎだよ。あんたも、ロビーのモニターで見るといい。めったにない機会だぞ」

「そうですか。でも、ここを清掃してしまわないと」

と、またモップをかけて行く。

そして、廊下に人影が消えると、その女性はモップを手にしたまま、〈道具置場〉のドアを開けて、中へ入った。

清掃の道具だけではなく、ロケ用の照明、台車、三脚などが詰った部屋である。

女性は帽子を取ると、上っぱりのポケットから小さな布の袋を取り出した。そして袋の口を開けると、中のものを手の上で受けた。

すると——。

「盗まないじゃいられなくなるんだな」

と、声がして、女はハッと息を呑んだ。

奥の棚の間から出て来たのは淳一だった。

「あなたは……」

と、女は目をみはった。

「待ってたよ、尚子君」

と、淳一が言った。

「分ってたの？」

と、フランス語の通訳、今井尚子は息をついた。

「本物と思って盗んだものが、実は偽物だったら？　君は細かいことまで完全にやりとげないと気のすまない性格だ」

と、淳一は言った。「もともと、通訳としてフランス大使に簡単に近付くことができる。君が怪しいと思ったんだ」

「でも――これは本物？」

と、尚子は〈アリアドネの涙〉を持った手を差し出した。

「さあね」

と、淳一は首を振って、「僕も、プロ並みの眼は持っていない。君がパーティで盗んだものか、どっちかが本物だろうね」

「あなたが知らないなんて、そんなことあるの？」

「いい泥棒は、自分が何でも知ってるとうぬぼれたりしない」

と、淳一は言った。「いつも自分に問いかけるもんだ。『自分のやってることは人の道に外れてないか』ってな」

「泥棒の哲学？」

と、尚子は訊いた。「父もそれに似たようなことを言ってたわ」

「君のお父さんの場合は、会社の不正の罪を一人で背負って自殺してしまった」

「ええ。私、それきり事件が忘れられてしまうのを見て失望したの。フランスから見ていると、日本の社会が腐ってるってよく分るわ」

「どの国にも似たようなことはあるさ。しかし、君は生れながらの犯罪者じゃないはずだ」

「だから？」

「〈アリアドネの涙〉の偽物を、本物だと言った鑑定士をなぜ殺した？」

「尾畑とかいう男ね？　私、殺したりしないわ」

尚子の言葉に、淳一は一瞬考え込んだが――。

「そうか」

と肯いた。「あの〈Kホール〉で、〈アリアドネの涙〉を盗む機会のあった人間が、もう一人いたな。加藤をそそのかしたのも、その女か」

「加藤に初めに話したのは私よ」

「知ってる。加藤と君の関係も」

「いやな人ね。どうしてそんなことまで――」

「男は酔うと自分の女の自慢を始めるもんだよ」

と、淳一は言った。

背後に、人の気配があった。

「やめとけ」

と、淳一は言った。「二人殺せば、罪は重いぞ」

「やめましょう」

と、尚子が言った。「〈アリアドネの涙〉を盗んでも、社会に仕返ししたことにならないわ」

「気が弱くなったのね」

と、その女が言った。

淳一はゆっくり振り返って、

「むだなことだ」

と言った。「ここも囲まれてる」

「いい加減なことを」

と、女は拳銃を握りしめて、「尚子さん、逃げるわよ」

「本当だ。ここをどこだと思ってる？　TV局だぞ。どこの場所にもTVカメラがある。ほら、その天井の角にも」

淳一が目をやった方へ、女の目が向いた。

その〇・何秒かで充分だった。淳一は身を沈めて、女の足を払った。

拳銃が発射されたが、弾丸は天井へ当った。

女が転倒し、淳一は素早く拳銃を取り上げた。

「しょせん、あんたは素人だ」

と、淳一は言った。

悔しげに淳一を見上げているのは、〈Kホール〉

の会場デザインをした、村上初子だった。

「初子さん」

尚子が歩み寄って、初子の腕を取って立たせると、

「尾畑を殺したのは間違いだったわ。私が止めるべきだった」

「〈アリアドネの涙〉のためよ！」

と、初子は言った。「あれを自分のものにしてみせる、って思ってた」

「でも、もう――」

「邪魔しないで！」

初子が突然ポケットからナイフを取り出して、尚子を刺した。

「よせ！」

淳一も予想していなかった。

尚子が腹を押えてうずくまる。初子がドアへと走った。

銃声がした。――初子がゆっくりと倒れる。

「――ナイフが見えて」

真弓が銃を手に入って来た。「この人、誰？」

「おい、救急車を呼んでくれ」

と、淳一は言った。「説明は後だ」

TV局のスタジオに、トオルが入って来ると、明るいライトを浴び、まだスタジオに残っていたタレントたちが一斉に拍手した。

「トオル！」

杏が駆け寄って、トオルに抱きついた。「良かった！　無事で」

「ああ、お前のおかげだ」

と、トオルは言った。「お前が気を付けろと言ってくれなかったら、きっと加藤に撃たれてた」

「用心しなきゃだめよ」

「全くだな。最後のところでしくじったよ」

と、トオルは苦笑した。

「まだ若いのよ。しくじって当り前」

と、杏は言った。「でもオートバイの腕は確かだったわね」

「ほうびにキスしてくれ」

と言うなり、トオルは杏を抱きしめてキスした。

周りで拍手が起る。

「――もう！」

杏が真赤になって、「いきなり、何よ！」

「生中継だ」

と、プロデューサーの松田が言った。「今のが最高視聴率かもしれないな」

「じゃ、今度はゆっくり――」

「もうやめて！　私のこと、好きでもないくせに」

と、杏は口を尖らせた。

「でもよ、俺が撃たれるって、どうして分ったんだ？」

「それは……勘よ。何となく、そんな気がしたの」

「それって、やっぱり俺のこと、好きだからじゃねえの？」

「知らないわ。――トオルにとっちゃ、車とバイクが第一でしょ」

「〈一〉と〈二〉だ。お前が三番目」

「光栄だわ」

と、杏は皮肉っぽく言った。

金沢がやって来て、

「おい、スターに気安くキスするな」

と言った。

「そんなことより――。例のものはどうなったんだ？」

真弓が、いつの間にかスタジオに戻って来ていた。

「今、捜索に行ってるわ」

と、真弓は言った。「ここから盗んだ加藤も、盗まれたのよ。今井尚子にね」

「それって……通訳の人？　まあ！」

と、杏が目を丸くする。「捕まったの？」

「今、救急車で運ばれてる。助かってほしいわね」

「どうして――」

「詳しいことは、改めて発表するわ」

と、真弓は遮《さえぎ》って、「しつこく訊くと、逮捕するわよ」

もちろんジョークだが、そう言われるとみんなが口をつぐんでしまったのは、半ば「本当かもしれない」と思っていたからかもしれない。

「――生中継の終りだ」

と、松田が合図して、スタジオにホッとした空気が流れる。

「ありがとう、杏」

と、松田が言った。「おかげで首がつながったよ」

「トオルのおかげよ」

と、杏は言った。「それに、今野さん」

「あら、うちの夫のこと？　不必要に接近すると、命は保証しないわよ」

真弓が真顔でそう言った。

「みんなびっくりしてるじゃないか」

と、いつの間にか淳一がそばに立っていた。

「あなた、病院に行ったんじゃなかったの？」

「戻ったところさ。大丈夫、今井尚子は助かった。村上初子はまだ意識不明だが、一命は取りとめるだろう」

「そう！　良かった」

と、真弓が息をついて、「こっちのことで引金引いちゃったから」

「しかし、医者が感心してたそうだぜ。弾丸が心臓すれすれで、二、三ミリの差だったそうだ」

「知らなかった？　私の目はレントゲンになってるの」

「そいつはスーパーマンか？」

と、淳一が苦笑して言った。

「私のレントゲンは、心の中を透視するのよ」

「そいつは怖いな」

「身に覚えがあるの？」

あんまり意味のないやり取りをしていると、スタジオの中に、音楽が聞こえて来た。

「どうしたんだ？」

松田が面食らっている。この特番のために雇った室内オーケストラが、またワルツを演奏し始めたのである。

そしてフロアを自由に泳ぐように踊っているのは、ルリ子と小竹達雄だった。

「もう終ったんだぞ、番組は」

と、松田が言うと、若いＡＤがやって来て、「どうしても、もう少し踊りたい、って、あの男の人が。オーケストラに、『三百万出すから』って言ったんです」

「三百万？」

「そりゃ、何曲でも演奏するだろうな」

と、淳一が笑って言った。

スタジオに残っていた面々に、どこか、「まだ帰りたくない」という思いが熱気と共に漂っていたのである。

達雄とルリ子だけでなく、次々に踊りに加わって、またスタッフが照明をつけたので、再び華やかな場面が出現したのだった。

「——まあ、達雄ちゃんが！」

と、声がした。

駆けつけて来た小竹悠一と妻のゆかりである。

「あいつ……。退院するのをいやがってたくせに！」

「いいじゃないの！　あの子が、あんなに元気に、女の子と踊ってるなんて、夢のようだわ」

とゆかりが手を打って、「あなた、踊りましょう！」

「何だと？」

「いいから！　ほら！」

ゆかりに引張り出されて、小竹はたどたどしい足取りで、ドタバタと踊り出した。

「母さん！」

と、達雄はルリ子とワルツを踊りながら、「入院してるより、やっぱり外に出てる方が楽しいね！」

「良かったわね」

「父さん、踊れるの？」

「馬鹿！　俺は仕方なく歩いてるだけだ」

と言いながらも、小竹は照れくさそうにゆかりに振り回されていた。

それを見ていた杏が、

「トオル！　踊ろう！」

と、トオルの手をつかんで、引張った。

「ええ？　だって――」

「私をバイクだと思って。ね？」

「お前は――でも、どう見てもバイクじゃないぜ」

トオルと杏は、それなりに楽しげに踊っていた。

「ええい、畜生！」

と、松田が怒鳴った。「おい！　このシーン、後で流すぞ！　収録しとけ！」

真弓がその光景を眺めて、

「私も仕事でなきゃ踊るんだけど」

「珍しいじゃないか。いつもなら、仕事中でも踊ってるだろう」

と、淳一は言った。

「そうだけど……。やっぱり、人を撃った後は、そんな気になれないの」

真弓はそう言って、明るく光の溢れるスタジオを眺めていた。

「おっと」

金沢のケータイが鳴ったのだった。「――もしもし。――はて金沢ですが」

聞いていた金沢が青ざめた。

「しかし、家内は――。分りました。すぐ行きます！」

「どうしたんですか？」

と、真弓が訊いた。

「病院からだ――。家内がいなくなった、と」

「手術したばかりでは？」

「そうなんです！」

「何かありそうだ」

淳一は、杏とトオルを呼んで、スタジオから金沢と共に駆け出した。

「どこへ行ったんだろう？」

妻、梓の病室へやって来て、金沢は立ちつくしていた。

「ご自分で歩いては行けないでしょ」

と、杏が言った。

「看護師が、ストレッチャーを押してエレベーターに乗る女性を見ています」

と、当直の看護師が言った。

「どこかへ連れ出された？」

と、トオルが言った。「でも何のために？」

「分らないが、たぶん……」

と、淳一が呟いたとき、金沢のケータイが鳴った。

「もしもし？　――誰なんだ？　妻は無事か？

――屋上に？　分った。すぐ行く」

「たぶん、相手の女性は……」

と、淳一は言った。

――そして、風の強い屋上へ出ると、ストレッチャーに横になっている梓と、その前に立って、拳銃を手にしている女性がすぐ目についた。

「佐々木さん」

と、金沢は言った。「家内には関係ないことなんだ」

佐々木照美だった。金沢の仲間だった城満の恋人だ。

「聞いたんです」

と、照美は銃口を金沢へ向けて、「あの一億円が盗まれた事件、顔を見せてた女は、あなたね、杏さん。あのとき居合せて、あなたの顔を憶えてた人がいたの」

「そうですよね。一人ぐらいはきっと憶えてると思いました」

と、杏は肯いた。「ごめんなさい！　満さんが死んだのは私のせいです」

「いや、違う」

と、金沢が杏の前に出て、「僕だ。僕が満を撃った」

「それも後ろからね」

と、照美は怒りで声を震わせた。「卑怯者！　分け前を増やしたかったのね！」

「そうじゃないんです！」

と、杏が叫ぶように言った。「聞いて下さい、お願い」

「杏、お前には――」

「でも、私のせいだわ！」

と、杏は遮って、「もともとは、私がロケバスに置いて行かれたことでした……」

杏は、金沢たちの「仕事」を手伝うことになった事情を説明した。

「――そんなことで、私が顔をさらしてしまったんです。そして車で逃げたんですけど、私は係り合いになりたくないので、お金はいらないと言って――もし捕まっても、絶対に他の人たちのことは話さないって言って、車を出たんです」

杏は膝をついて、「考えてみれば、満さんの言ってたのが正しいんですよね。私、顔を見られてたから、たぶん捕まる。取り調べられたら、きっと他の三人のことを白状する……。そのつもりじゃなくても、私も自信はなかったです。だから、仲間として、お金をもらって、どこかに逃げれば良かった。でも、私、車を出て、そのまま駅に向って歩き出してたんです」

「満は、杏を黙らせるしかない、と言って、彼女を撃とうとしたんだ」

と、金沢が言った。「満の動きが速くて、止められなかった。杏を殺させないためには満を撃つしかなかったんだ……」

「金沢さんは、私を助けるために、満さんを撃ったんです」

と、杏は言った。「ですから、元はといえば私のせいなんです。お願い。殺すなら私を撃って下さい。金沢さんには奥さんも娘さんもいます。私があんな馬鹿なことをしなければ、誰も死なずにすんだのに……。すみませんでした」

杏は膝をついたまま、照美を見つめていた。

照美は銃を手にしたまま、しばらく黙っていたが――。

「彼は……満さんは、杏さんを後ろから撃とうとしたんですか」

と言った。

「そうなんだ」

と、トオルが言った。「何とかして止めてやらなきゃいけなかった」

――照美は、ゆっくりと銃口を下へ向けて、

「どんな事情があっても、赦《ゆる》すことはできません」

と言った。「でも私は黙っています。きっと満もそう望んだでしょうから。金沢さんは杏さんを救うためでも、満を殺したことを一生悔んで生きて下さい」

「佐々木さん……」

「奥さんが風邪をひかないように」

と言って、照美は足早に屋上から姿を消した。

「――さあ、奥さんを病室へ」

と、淳一が言った。

「梓、大丈夫か」

金沢はストレッチャーへ駆けよって、妻の手を握った。

「あなた……」

「すまん。――すべては俺のせいだ」

「さあ、早く」

と、淳一が促した。「杏ちゃん、大丈夫か？」

「ええ」

立ち上った杏はよろけて、トオルに抱き止められた。

屋上に一段と強い風が吹きつけて来て、みんな急いで屋上を後にした……。

エピローグ

「遠慮がちな一年だったな」

と、淳一が言った。

「あら、どこが?」

シャンパングラスを手に、真弓が訊く。

「あんまり目立った仕事はしてないぜ」

「目立っちゃまずいんじゃないの?」

「それはそうだが……」

——大晦日《おおみそか》のイベントに招ばれて来ていた。ホテルの大宴会場を借りて、TV局がフランス大使館と一緒に開いた〈カウントダウンパーティ〉だ。

にぎやかな会場の中央で、ひときわ輝いているのは、フランス大使と腕を組んだ杏である。

「〈アリアドネの涙〉を取り戻してくれたことに感謝して」

と、フランス大使館がスポンサーについてくれたのだ。

プロデューサーの松田が、汗だくになりながら、裏方で駆け回っている。

そして、数々のスター、タレントが集められていた。

「そういえば」

と、真弓が言った。「〈アリアドネの涙〉と一緒に展示してた宝石のいくつかが、イミテーションだったらしいわよ」

「そうか。ちょっと見たくらいじゃ、本物かどうか分らない。人間と同じさ」

と、淳一が澄まして言った。

そっくりのイミテーションを作るのに間に合ったいくつかを失敬したが、保険もかかっており、そう損をした者はいないはずだ。

グラスを手に、金沢がやって来た。

「色々お世話になりました」

と、二人に礼を言う。

真弓が、警備担当者に呼ばれて行ってしまうと、金沢は淳一のそばに寄って、

「これでいいと思いますか?」

と訊いた。

「城満を射殺したこと? それとも、一億円を盗んだことですか?」

「どっちもです」

――あの一億円は、つい先週、あの競馬場へ丸ごと送られて来た。少し使っていた分も、ちゃんと補われていた。

「あんたは一人を殺し、一人を救った。――奥さんと娘さんを幸せにすることです。むろん、それで罪が消えるわけじゃない。杏ちゃんともども、色々なボランティア活動を続けることです」

「ご存じでしたか」

「僕もね、妻を幸せにさせてます。不機嫌になると、怖いですからね。これも世の平和のためのボランティア活動です」

と、淳一は言った。

会場にワルツが流れた。

「すっかり、ワルツづいてるな」

と、淳一が微笑んだ。

杏がフランス大使と踊り始めると、他の人々も踊り出す。

「ルリ子の奴……」

と、金沢が眉をひそめて、「まだ中学生なのに」

すっかり小竹達雄と気が合っているようで、今も二人で踊っている。

息子の姿を見て、小竹も今の稼業から足を洗おうと考え始めた、と妻のゆかりから淳一に言って来た……。

「——今夜は何ごともなさそうね！」

真弓が戻って来て言った。「ね、今日は仕事じゃないし、踊らない？」

「いいとも」

と、淳一は肯いて、「先に金沢さんと踊れよ。俺はカウントダウンのとき付合う」

「そうね。人を楽しませるのも、公務員たる刑事の仕事。金沢さん！」

「え？　いや——私はどうも——」

面食らっている金沢を引張り出し、真弓は踊り出した。

「お父さん！　頑張って！」

と、ルリ子が声をかける。

目を回しそうになっている金沢を見て、杏が大笑いしていた。

淳一はそんな光景を眺めて呟いた。

「人の縁ってのは面白いもんだな」

——真弓が息を弾ませて戻って来た。

「さあ、じきカウントダウンよ！」

「ああ」

淳一は真弓と踊りながら、

「来年の目標は？」

と訊いた。

「私？　そうね」

真弓はちょっと首をかしげて言った。「もっと好きなように生きたいわ！」

この作品は「読楽」二〇二一年八月号～二〇二二年十月号に掲載されました。

TOKUMA NOVELS

赤川次郎
盗みは忘却の彼方に
2023年3月31日 初刷
発行者 小宮英行
発行所 徳間書店
東京都品川区上大崎三-一-一 〒一四一-八二〇二
目黒セントラルスクエア
電話 編集 〇三-五四〇三-四三四九
販売 〇四九-二九三-五五二一
振替 〇〇一四〇-〇-四四三九二
カバー印刷 近代美術株式会社
本文印刷
製本所 中央精版印刷株式会社

ISBN978-4-19-851003-9